新潮文庫

砂の城

遠藤周作著

新潮社版

2568

砂の城

砂の城

生きること ㈠

十六歳の誕生日を早良《さがら》泰子は一生、忘れることはできないだろう。

その土曜日の昼、学校が終ると彼女は大急ぎで校庭にある生徒の自転車置場に駆けていった。

「泰子。なんで、そんげん急ぐとね」

校門をならんで、自転車で出たクラスメートの水谷トシが眼をまるくして泰子にたずねた。

「よかことの、あるとよ」

「よかこと?」

「そう」

「なに。話して」

「だめ」

泰子は笑いながら首をふった。

「わたしにも、まだわからん」

校門から街まで白い街道が真直《まつすぐ》に走っていた。街道のまわりはみどりの絨毯《じゆうたん》のように稲田が拡《ひろ》がり、その向うに大村湾の海がみえる。

「浜に行こか」

泰子の誘いにトシはうなずいた。真昼の海は眠くなるほど静かだった。水面は針をまいたようにキラキラと光り、まるい、優しい島が二つ、沖にかすんでみえる。その光った湾の真中に一隻《せき》の小舟が漂っていて、誰かが釣をやっていた。自転車をおいて二人が腰をおろした砂浜の向うに蜜柑畠《みかんばたけ》になった丘陵が拡がり、遠くで列車の通る間のびのした音が聞える。

「今日は、わたしの誕生日よ」

泰子は髪を押えながら友人に自慢した。

「だから、父さんが早う戻れと言うとっと」

「そうか。それで、よかことのあると、あんた言うとったとね」

トシは掌《てのひら》で砂をすくいあげた。砂はその掌のなかで砂金のようにキラキラと光った。

彼女は溜息《ためいき》をついて、

「あんた、卒業したら、どがんすっと」

「まだ、決めとらんけど。あと二年半もあるもん」

「うちでは女の子は大学に進む必要はなかと言うとよ。早うお嫁に行けって。うちの父さん、あんたのところと違うて、そりゃ、頑固やもんねえ」

それから二人は足もとに落ちている貝がらをいじりながら、何時《いつ》ものように学校の先生の悪口や友だちの噂《うわさ》をしはじめた。

「あ、こげんに遅うなった。早う、戻れと言われとったとに」

泰子はあわてて立ちあがり、スカートについた砂をはらいおとした。はらいおとしながら彼女は今朝、登校をしようとして靴の紐《ひも》を結んでいた自分に父親が言った言葉を思いだした。

「今日は、泰子の誕生日だろうが」

「そうよ。父さんにしてはよう憶《おぼ》えとったね。どうせ忘れとるとばっかり思っとったけど」

「学校すんだら、早う戻れ。わたすもんがある」

と父親はいつになく重々しい表情をして娘をじっと見つめた。

「嬉《うれ》しか。誕生日のプレゼントやろ」

授業の間、急にこの父親の重々しい表情が気になった。もし誕生日のプレゼントをくれるというなら、あんな、真面目《まじめ》な顔をする筈《はず》がない。

十二年前に母親をなくした泰子を父親は目に入れても痛くないほど可愛《かわい》がっている。誕生日がくれば、年相応に贅沢《ぜいたく》でなければねだるものも、買ってくれる。去年はカーペンターズのレコードと洋服とがプレゼントで、それを夕食の時わたしてくれた。父親はウイスキーのオン・ザ・ロックの氷をコップのなかでカチカチと音たてながら、

「ほら、注文通りになったろが」

と眼を細めて笑った。今日のようにきびしい表情ではなかった。

水谷トシと街の交叉点《こうさてん》で別れ、彼女は一人で自転車を走らせながらもう夏姿に変った商店街を通りぬけた。父の店までくると店員の田口が入荷した新型テレビや扇風機の箱を小型トラックからおろしながら、

「お帰りなさい」

と声をかけた。

「父さん、事務所？」

「ええ。おらすとですよ」

早良泰子の家は街で一番大きな電気器具店である。ここから一番ちかい街は長崎だが、その長崎の目ぬき通りの店と同じぐらい広さもあり、さまざまな品物もそろっている。

二階のフロアにのぼりかけると、上からおりてきた父親が、

「泰子か」

とたちどまり、

「学校はすんだとか」

「英語の試験が急にあったと」

「ふん。どげんだったとね」

「泰子、英語、つよかよ」

彼女はこちらを見おろしている父親に顔をあげ、拳《こぶし》をつくってそれを鼻の上にのせてみせた。

「よか。よか」

ジャンパーのポケットから煙草《たばこ》を出して口にくわえた彼は、

「さあ、それでは家に戻ろう」

「お父さん、わたしに何かわたす物の、あるとでしょ」

「うん」

父親は素知らぬ顔をして娘のそばを通りぬけ、自分の車のおいてある駐車場の鉄扉《てっぴ》をあけると姿を消した。

一体、なにをわたされるんだろう。なんだか妙にかくしているみたいで可笑《おか》しいわ、と泰子は怪訝《けげん》な気持で父親のあとを追い、

「ねえ。何をくれるの」

「それは……」

エンジンをかけながら父親はうしろを向き、車をゆっくりバックさせて、

「帰れば、わかるぞ」

「洋服」

「ちがう」

「靴」

「ちがう」

「嫌だなア。勿体《もったい》ぶって。早う教えて」

「そうかね」

ハンドルをまわして父親は甘える娘にニヤニヤと笑った。

商店街を右に折れると寺町に入る。こんな昼さがりでも、ひっそりと静まりかえった道が長い塀《へい》にはさまれて真直に続いていた。塀の上からもうすっかり青みをました楠《くすのき》の葉がおいかぶさるようにのぞいていた。泰子は雨あがりのこの道が好きで、ここを通るたび自分の故郷はこの街と思ったり、いつかお嫁にいっても生涯、よそには移りたくないと考えたりした。

鬱蒼《うっそう》と樹木に覆われた城山から初蟬《はつぜみ》の鳴声が聞えてくる。城山といっても、もう石垣しか残っていないが、むかし大村家の一族が住んでいた場所なのである。

父親の車から先に飛びおりて彼女はガレージの扉をあけた。それから玄関をあけると婆《ばあ》やが庭に面した部屋にあたらしい簾《すだれ》をかけている姿がみえた。

「婆や」

と泰子は声をかけた。

婆やが氷を入れた梅酒を持ってきた。その梅酒を一口、うまそうに飲んで、

「泰子」

と父親は娘をよんだ。朝よりも、もっと重々しい表情だった。

「坐《すわ》んなさい」

「はい」

いつになくきびしい父親の顔色に泰子はびっくりして、お茶を習っているときのように正座した。

「母さんの写真ば拝んできなさい」

「母さんの写真？　毎朝、手ば合わせてるわ」

「もう一度、拝んできなさい」

いぶかしい心持で彼女は立ちあがると茶の間の母の写真を拝みにいった。テレビの上にその写真はたててある。毎朝、食卓に坐る前にお茶をそなえ、合掌するのが泰子の役目だ。試験の日は、

「母さん、今日よか成績ばとらせてね」

と拝み、歯が痛い時は、

「早う治してよ」

と勝手なことを口のなかで呟《つぶや》く。それが彼女のお祈りだった。

泰子が四歳の時、母は結核で亡《な》くなった。泰子を生む時も医者は病気が悪化することを恐れたが母はどうしても生むと言ってきかなかったと聞いたことがある。

写真のなかの和服の母親はいつも、こちらをむいて微笑《ほほえ》んでいる。微笑みはじっと

見ると倖《しあわ》せそうでもあり、寂しそうでもあった。日によってその微笑の形がちがっているように泰子には見える。

「母さんって、どげん人やったと」

彼女は物心がついてから時々、婆やにたずねることがあった。そんな時、婆やはいつも口をもぐもぐと、させながら、

「あげん、辛抱づよか方は、わたしぁ、見たこたありまっせん」

と呟くのだった。

「やさしかった？」

「そりゃァ、やさしかお方でしたよ」

婆やの曖昧《あいまい》な説明と、毎日、手を合わせる写真から、いつか泰子は蚕がまゆをつくるように自分だけの母親のイメージを次第に持ちはじめていた。

父親のいる部屋に戻り、

「拝んできたわ」

と報告すると、梅酒のコップを口にあてていた彼は黙ってうしろをふりむき、小さな金庫の鍵《かぎ》をゆっくりまわした。やがてカチッという音がすると、なかから紫色の袱《ふく》紗《さ》に包んだ四角いものを取りだし、

「泰子。あけてごらん」

「なん？　これ」

袱紗には湿った香の匂《にお》いがした。少し色のあせた白い封筒が入っている。泰子さま、という四文字が女の筆跡で書かれている。

「それはな、母さんが、お前にあてたもんよ」

「手紙？」

「母さん、なくなる一週間前、お前が十六歳になった誕生日にわたしてくれ、そう言うてな、父さんに托《たく》した手紙ばい」

父親はその色の少しあせた封筒に視線を落した。

「今日はその誕生日やろうが。そいけん母さんとの約束通り、この手紙ばお前にわたすけん自分の部屋でお読み」

「なんが書いてあると」

「知らん。母さんがお前だけに書いた手紙を父さんも読む資格はなかとよ……」

父親はそう言って、笑いを頬にうかべ、梅酒をのみほした。

「さあ、部屋に行きなさい」

「はい」

袱紗ごと泰子はその手紙を手にとり、立ちあがった。部屋を出ようとすると、父親は、

「もちろん、誕生日のプレゼントは別ぞ。あとで何が買うてほしいか、考えときなさい」

と声をかけた。

二階の自分の部屋に戻ると、その紫色の袱紗を勉強机の上においた。あけ放した窓から初夏の風が流れこんできた。庭の小さな池で父親の飼っている鯉《こい》がはねている。あじさいの花がこの窓からもうす水色に光って見える。

引出しから小さな鋏《はさみ》をとりだし丁寧にその封筒を切った。封筒のなかには便箋《びんせん》が厚く入っている。ながい手紙らしい。

泰子さま、と書いた母の筆跡はきれいな文字で、その文字を見た瞬間、茶の間の母親の微笑した顔がまぶたにうかんだ。

「お母さん」

と泰子は思わず、小声で叫んだ。その時、ふたたび、池で鯉がはねる鋭い音が聞えた。そして泰子はなぜか、読まない前にこのながい手紙に書かれていることがすべてわかるような気がした。

「泰子ちゃん」

書き出しはそうなっていた。

「泰子ちゃん。今は元旦《がんたん》のお昼です。元旦ですから病院も、ひっそり、静かで、いつものように騒しい物音はきこえません。看護婦さんの部屋さえ、静まりかえっています。隣の病室からラジオの音が、かすかに壁を通して伝わってくるだけです。

この静かな時間を利用してこの手紙を書きます。あまり長く書くと、夕方の検温で熱のあがったことがわかるので、少しずつ今日から毎日、したためていくことにします。

母さんはこの手紙をあなたが十六歳になった誕生日にお父さまから渡して頂くようたのむつもりです。なぜなら、今の泰子ちゃんはまだ字も読めないのですし、ここに書いてあることも、よくわからないでしょう。あなたを毎日、見たいけれど、幼児がこの病棟に来ることはきびしく禁じられているので、ほかの母親のように膝《ひざ》の上にあなたをおいてお話をしてきかせることもできないからです。

でも何から書きましょう」

尺八の音が聞えた。昼食ができる間と、昼食のあと店に戻るまで尺八の練習をするのが、父親のこの頃の習慣である。

（父さん、今、どげん気持だろう）

死んだ妻が娘にどんな手紙を書いたのか、父は知りたくないのだろうか。尺八の音を聞きながら、そう泰子は不意に思った。父は十二年間、妻との約束を守り、托された手紙を金庫にしまってきた。自分からそっとその封を切ろうともしなかった。泰子の父親はそんな律義《りちぎ》な面のある男だった。

でも何から書きましょう。

この手紙をわたすのは、あなたが十六歳の誕生日の時なのね。なぜ、その日までこの手紙をみせないのか、ふしぎでしょう。でも母さんには、十六になったあなたが、同じ年の時の母さんとどう重なりあい、どう違うか、知りたいと思います。

だから、この手紙を母さんが十六歳になった時の話からはじめましょう。そうすればあなたも身につまされて読んでくれるでしょう。その頃母さんの家族は亡くなったお祖父《じい》さまの仕事で、大阪と神戸との間にある甲東園という場所に住んでいました。住んでいた家は今は空襲でなくなってしまいましたが、もし、いつか機会があったら、電車にのって西宮北口という駅で宝塚に行く阪急の支線に乗りかえてごらんなさい。十六歳の時の母さんが見た山や空をきっとあなたもそのまま眺めることができるでしようから。

母さんはあのあたりの風景が大好きでした。海からは離れているのに、まるで海岸近くのように松林が至るところにあり、松林のなかに別荘風の家々がちらばり、六甲山から流れてくる川の川原が白くかがやき、その川の彼方《かなた》に山脈が青く拡《ひろ》がっているのでした。母さんはそんなところで少女時代から娘時代を送ったのです。

その頃母さんはセーラー服にモンペをはいていました。モンペをはいているのは学校からの命令でした。ながい戦争が更に烈《はげ》しくなって、十六歳の娘たちも年相応のはなやかな服装をすることは許されず、そんな作業むきの恰好《かっこう》で登校させられていたのです。

週に二日は授業はありませんでした。授業のかわりに尼崎の工場につれていかれて、そこで日の丸の鉢巻をしめ、パラシュートを作らされ、時には簡単な機械の前に立って飛行機の部品を製造する作業もやらされました。

それでも十六歳の娘はやっぱり十六歳の娘でした。先生や工場の監督に見つからぬように、小さなお洒落《しゃれ》をしたり、モンペのポケットに宝塚のスターのプロマイドをそっと、しのばせていました。今のあなたもきっと、そうでしょうけど、母さんもその頃、クラスのみんなとつまらぬことで笑いころげたり、感傷的な手紙を上級生ととりかわしたりしたのです。

母さんのその頃のアダ名を教えてあげましょうか。クロベエと言うのですよ。言っておきますけど、色が黒かったからじゃないの。当時、凸凹《でこぼこ》黒ベエという人気のある漫画があって、主人公の兎《うさぎ》の顔が母さんによく似ていたからなの。

十六歳はどんな時代でも十六歳なのね。あなたが今、そうであるように、母さんも戦争の時代にその年齢を迎えながら、やっぱり女の子でした。時々、泣きたくなるほど倖せだったり、時々、ぼんやり、自分を迎えにきてくれる素晴らしい人のことを考えたり、時には自分をきれいだと思ったり、逆に別の時には自分を嫌な女の子だと信じこんだりしたものでした。

十六歳の夏、母さんは初恋をしました。家のすぐ近くに内科の個人病院ができたのです。恩智先生とおっしゃって、でっぷり肥った、象のようにやさしい眼をした院長さまでした。先生の坊ちゃんは東京の大学に行っていらっしゃるとは聞いていましたが、はじめて会ったのは夏休みでした。かすりの浴衣《ゆかた》を着て麦藁《むぎわら》帽子をかぶり、武庫《むこ》川《がわ》まで釣に行かれるのか釣竿《つりざお》を肩に歩いている姿を、家の窓から時々見ることがありました。向うがこちらをふりかえり、

「やァ」

と日にやけた顔に白い歯をみせて挨拶《あいさつ》されると、母さんは、かえってツンとした表情で窓から離れたものです。そのくせ、夜遅くまで彼の部屋に灯がついているのを見ると、なんだか胸がくるしいような気持になりました。

でも初恋は夏休みが終るとシャボン玉のように消えてしまいました。彼がふたたび東京に戻り、母さんも十六歳の何も知らぬ娘にかえり、モンペをはいて鉢巻をしめ、工場での勤労奉仕に精を出しました。コスモスの花が庭をいっぱいに埋め、その上の爽《さわ》やかな大気に赤とんぼが飛びまわっていました。今、考えるとあの年の秋が日本人にとって人間らしい最後の季節だったかもしれません。なぜならそれから日本は次第に戦争に敗《ま》けはじめ、米国の爆撃で次々と街は焼かれ、みんなが死んでいったからです。

死の匂いは急にやってきました。十七歳になると周りの生活が苦しくなりました。今まではそれほどでもなかった配給食糧がみじめなくらいへらされ、店々から物が姿を消し、母さんたち女学生も週に二日だけ勉強するだけで、あとは工場で八時間、働かねばなりませんでした。

春休みが来ました。母さんはその春休み、宝塚の図書館で本を借りだしては毎日、読みふけっていました。食べものはなくラジオからは荒々しい軍歌が聞え周りのすべてが荒廃してくると、学校でむかし習ったうつくしい詩や小説をもっともっと知りたくなったのです。
　図書館の周りは桜が満開でした。本を借りだすと、その霞《かすみ》のような花の下のベンチで胸をときめかせながら頁《ページ》をくりました。あの時、こんな詩を暗記したのを憶《おぼ》えています。

お休み、長く髪をあんだ少女よ
お前のまぶたが月の光のさした
祈禱書《きとうしょ》が閉ざされるように閉ざされるとき
お前の手が優しい胸の上に
木の枝のように組まれるとき
お前がもう何も思わなくなったとき
お前の心は蝦夷苺《えぞいちご》の花のように白い
クッサンから逃れ出るだろう
そうしてお前の心は庭の泉水に
いつもお前がその白い胸衣を鏡に映した

ようにその影を映すだろう

お休み、長く髪をあんだ少女よ

（野村英夫　眠りの誘い）

…………………

ある日、図書館から出ようとするとうしろから声をかけられました。恩智病院の息子さんでした。

「こんなところに来ているのですか」

まるで母さんが図書館に来るなど信じられぬように眼を丸くして勝之さん（彼の名前でした）はたずねました。

「ええ」

赤くなって、手にしていた本をかくそうとすると、

「ぼくも時々、この図書館に来るんです。意外といい本がそろっていますしね。待ってくれませんか。一冊、借りてくるから」

彼と一緒に歩いていると嬉《うれ》しいような、しかし息ぐるしい気持がしました。図書館を出て、植物園の方に行くと、戦争のため人手が少いのか樹木は手入れをしていないようでしたが、桜や雪やなぎやれんぎょうが満開で、花の部屋にいるような感じです。

劇場は閉鎖されて海軍の予科練習生の宿舎になっているため、ラッパを練習する音が時々遠くから聞えてきました。

「今、読んでおかないと」

ラッパの音がやんだ時、勝之さんはこう言いました。

「本なぞ読む時間がもうぼくにはなくなるんです」

「なぜですの」

何も知らぬ母さんは無邪気にたずねました。と、彼はびっくりしたように、

「まいったな。秋には、ぼくたち学生も徴兵延期の特権を失って、みんな入営するんです」

「みんな?」

「文科系の学生はね」

「勝之さんも行くんですか」

「ええ。そうなるでしょう」

急に悲しさで胸がいっぱいになりました。十七歳の女の子にも死の匂《にお》いがすぐ彼の眼の前に迫っていることがよくわかったのです。

「だから、ぼくはこの春休み、できるだけ本を読もうと決心したんです。東京に戻れ

ばそんな余裕はないですからね。授業らしい授業はほとんどやらなくなったし、軍事教練や工場での作業で夜はもうクタクタに疲れますから」

「わたしもそうです。勤労奉仕から家に帰るとバタン、キューなんです」

彼は母さんの顔をみて笑いました。日にやけて、歯の白い青年らしい笑顔をみて母さんはまた赤くなりました。

ベンチに腰かけて東京での寮生活や工場のことをききました。勝之さんは川崎の工場でわたしたちと同じように飛行機の部品を作っているのでした。話の間、またラッパの音が聞えてきました。その音はベンチに腰かけている勝之さんと母さんとにもう美しいものにひたる時代は終ったのだと告げているようでした。

それでも二人はその後もこの図書館で兄妹のようにたびたび会いました。別に約束しているのでもないのに、相手がくる時間がなぜかおたがいにわかって、もし一方が遅れてきても、片一方が待つというような形で顔をあわせたのです。色々な本の名も教えてもらいました。読むことを奨《すす》めてくれた本は今でもはっきり憶えています。それはトルストイの作品だったり、ジャムという詩人の詩集だったり、横光《よこみつ》利一の小説だったりしました。

「ぼくに秘密の場所があるんだがな」

とある日、帰りがけに勝之さんは笑いながら囁《ささや》きました。

「本当は今まで、誰にもしゃべらなかったんだよ」

「教えて」

と母さんはたのみました。

その日、勝之さんは宝塚の次の駅で電車をおり、母さんを山の方に連れていきました。新芽がふきはじめた山々は、うすみどり色に変り、林のなかに渓流の音と山鶯《やまうぐいす》のおぼつかぬ声だけが聞えます。水は清らかで、ハヤが何匹かその水の溜《たま》りに走っているのが見えます。

「いい気持」

母さんは靴をぬぎ、素足を水にひたしました。

「ここが、勝之さんの秘密の場所?」

「もっと奥」

渓流のなかを二人で上にのぼりました。すみれの花が岩と岩との間に咲いて、山鶯はあちらとこちらとで交互に鳴きかわし、時々、風がふくと樹々《きぎ》の新芽が銀色の葉裏をみせて光りました。

「勝之さんは時々、ここに来るんですか」

「ああ。ここに来て半時間も一時間もじっと石に腰かけていることがある」

「腰かけて何を考えているんですか」

「なにも」

彼は首をふりました。

「ただ、こんな静かな場所をはっきり憶えておいて、戦争に行ったら、それを時々は思いだそうと考えているんだ」

母さんはあわてて渓流の水を手ですくい、顔をゴシゴシと洗いました。突然、こみあげてきた泪《なみだ》を勝之さんに見られたくなかったのです。十七歳の母さんには長い戦争がどうして起ったのか、どうしてそれが終らないか、よくわかりませんでした。日本が勝たなくてはいけないと大人たちからたえず教えられていましたし、それを信じようともしてきました。でも、勝之さんのような青年たちに彼等が求めているものを犠牲にさせて、死なせる理由だけは納得できなかったのです。

「どうしても戦争に行かなくちゃ、いけないんですか」

不意に母さんが訊《たず》ねた質問に、勝之さんはキョトンとして、それから笑いだし、

「そうだよ。それが……ぼくたちの今の運命なんだもの」

と答えました。

春休みが終って勝之さんがふたたび東京に戻る日、母さんは甲東園の駅までついていきました。本当は大阪まで見送りたかったのですが、そんなことをすれば大人たちから変に思われるのが嫌だったのです。

電車が来た時、ゲートルをまいて、古ぼけたトランクをぶらさげた勝之さんは、

「今度の春休みは本当にたのしかったよ」

と下をむいて呟《つぶや》きました。

「わたしも。有難うございました」

「あのね」

電車が来た時、彼は不意に言いました。

「負けちゃ駄目だよ。うつくしいものは必ず消えないんだから」

扉があいて勝之さんは体を満員の客のなかにねじ入れ、顔だけをこちらに向けて笑いました。そして電車はゆっくりと、軋《きし》んだ音をたてながら消えていきました。

負けちゃ駄目だよ、うつくしいものは消えないんだから。彼の声はまだ母さんの耳に残っていました。帰り道、母さんははじめて小さな声を出して泣きました。

うつくしいものは消えないんだから。しかしその春休みの終りがみじめな年の前ぶれになったのです。物憂《ものう》い波が砂の城をくずすようにうつくしいと思うものはひとつ

ひとつとなくなり、うつくしいものは無視され、うつくしいものは土足にかけられるような日がはじまったのです。

勝之さんが言っていたように、文科学生の召集決定がある日、大きく新聞に出ました。その記事に陸軍大将である首相の眼鏡をかけた写真と談話とがのっていました。

生きること㈡

太平洋の島々が次々と敵の手に陥《お》ちていきはじめたのもこの年の梅雨時からです。新聞には転進という聞きなれない活字が出ていましたけれど、本当はそれが何をさしているのか、母さんたち女学生にもわかっていました。

「あち、こちで日本は、敗けとるらしいよ」

工場で休みの時、誰かが声をひそめてそう言うと、

「そんなこと、口にしたらあかん」

と怖《おそろ》しそうに母さんたちは首をふったものです。

「憲兵や警察に聞かれたら、どないするねん」

工場で作業をしている時も、時折、右腕に「憲兵」という二文字を書いた腕章をつけ長靴《ちょうか》をはいて、軍刀をぶらさげた下士官がのぞきにくることがありました。チョビ髭《ひげ》をはやしたこの下士官がそばを通ると軍服から汗くさい匂いがぷんと漂ってきました。

下士官は月に三度、わたしたち女学生を集めて竹槍《たけやり》訓練を教えました。竹槍を銃にみたてて、それで敵を殺す訓練です。殺すという言葉は母さんたちには実感がありませんでしたが、この下士官がじっと見ている間だけは懸命にやりました。

「そんなへッピリ腰で」

彼は大声で怒鳴りつけました。

「御奉公ができると思うか」

前へ。突け。前へ。突け。ある日、そんな号令の間、母さんは腕と足とだけを動かしながら勝之さんが言ったあの言葉を思い出していました。

「負けちゃ駄目だよ。うつくしいものは消えないんだから」

と、母さんのまぶたに彼と歩いた渓流の音、足をひたした水のつめたさ、新緑の芽のうつくしさが蜃気楼《しんきろう》にうかびあがるのでした。小さな魚が逃げまわるように淵《ふち》を走り、陽の光が水の滴《したた》りにきらめき、勝之さんがこちらをむいて白い歯をみせて笑っていました。

「なにをぼんやりしている」

気がついた時、下士官が母さんを睨《にら》みつけていました。

「よそ事を考えやがって」

その瞬間、母さんの頰に大きな音と熱い痛みが走りました。下士官は手をあげて母さんを叩《たた》いたのでした。

痛みよりも屈辱感で母さんはその場に倒れそうでした。母さんが他人から叩かれたのは、後にも先にも、これが始めてでした。

その日、工場の帰り、怒りと恥しさとを怺《こら》えながら一人、逆瀬《さかせ》川《がわ》の駅をおりて、あの場所まで歩きました。あの場所——勝之さんがそっと教えてくれた渓流のほとりは母さんにとって、今、残された最後の「美しいもの」にさえ思われました。

小禽《ことり》が鳴いていました。林のなかも流れのそばも静かで、石の間をながれる水の音がかえってその静けさを深めます。岩に腰をかけ、母さんは長い間、水に眠ったように動かぬ魚をじっと眺めていました。そうやっていると、今日の昼、あの下士官から受けた頰の痛みを少しずつ忘れられるような気がしました。

嫌だ、戦争は、と真実この時、母さんは心の底から思いました。ひもじいことも勉強のできぬこともまだ耐えられます。しかし美しいことと美しいものとがこの地上からひとつ、ひとつ亡《ほろ》びていくことにはその時の母さんのような娘には我慢できなかったのです。

今日はここで筆をおきます。あんまり根をつめていて夕方、熱でも出れば、またお医者さまに叱《しか》られます……

朝から雨がふっています。病室の窓から見おろすと、中庭の草むらのなかに何処《どこ》から迷いこんだのか、猫が一匹、ふるえながら鳴いています。家のこと、お父さんのこと、そして何よりも小さいあなたのことがその猫を見ていると気になって仕方ありません。本当にこうして我儘《わがまま》に療養をさせてもらって皆にすまないという気がいつも母さんを苦しめます。

でも、その気持を抑えて昨日の続きを頑張って書きましょう。この年の十一月の終り、勝之さんはとうとう千葉の陸軍部隊に入営しました。十月二十一日、東京の神宮外苑《がいえん》で学生たちが集り、雨のなかを分列行進をしました。雨にぬれた学生たちが歩き、ふとい眼鏡をかけた首相に顔をあげている写真が新聞に大きく出ました。勝之さんはその写真にはうつってはいませんでしたが、彼も行進の列に加わった一人だったのです。

その行事が終ったあと、彼は東京から家族に別れを告げるために甲東園に戻ってきました。

母さんの家に彼は二、三度、あそびにきました。母さんも恩智病院に同じ数ぐらいたずねていきました。

「何か好きな本があったら、持っておいきよ」

と彼は本棚を整理しながら言いました。

「もう当分、この本はぼくには必要ないんだから」

その一冊をおずおずととり出して母さんは何気なく頁《ページ》を開きました。

夢みたものは　ひとつの幸福
ねがったものは　ひとつの愛
山なみのあちらにも　しずかな村がある
あかるい日曜日の　青い空がある

その詩に眼を走らせた時、母さんは急に泣きそうになりました。あの雨のふる神宮のに彼等は今、そのささやかな願いさえふり捨てて死の世界に行くのです。それなまらなく可哀想《かわいそう》に思えたのです。ねがっているのは、たった一つの倖《しあわ》せと愛。それな外苑を、銃を肩にして分列行進せねばならなかった勝之さんやほかの学生たちが、た

「この戦争……」たまらなくなって母さんは叫びました。「いつ、終るの」

「わからないよ。でも……そう長くはないと思うね」

勝之さんはこちらをじっと見て、

「だから、君は……それまで……どんなことがあっても、生きるんだ」

「勝之さんは？」

勝之さんは白い歯をみせて笑いました。その時母さんは彼が何かを言ってくれるのを待っていたのです。生きて帰るから、ぼくを待ってくれ、そういうひとつの言葉を、たった一つの倖せを。

しかし彼はその日、その言葉を言ってはくれませんでした。

千葉の部隊に入営するため彼が甲東園を出発した日は、晴れた空気のつめたい朝でした。学生服に日の丸のたすきを斜めにかけた彼を、在郷軍人会の男たちや、国防婦人会の主婦たちが駅まで送っていきました。いつかの日と同じように母さんも皆にまじって、ついていきました。

日の丸の旗にかこまれ、万歳、万歳という空虚な声に頭をさげながら勝之さんは皆に挨拶《あいさつ》をしていました。電車が来るまで母さんは彼がなにかを言ってくれるのを待っていました。さよなら、とか、行ってくるよ、と言うような月並な言葉ではなく、母さんの未来を決めてくれる強い強い言葉がその口から言われるのを待っていました。

電車が近づいてきました。彼は人々の間から母さんをみて、大きく、うなずきました。そしてこちらに近づこうとした時、意地悪にも在郷軍人会の男が妨げるように何か話しかけました。仕方なくそれに返事をしながら勝之さんは眼だけで母さんに合図をしていました。

電車がつき、勝之さんは乗りこみました。恩智先生と看護婦さん、それに町会長と在郷軍人会の男がそのあとにつづき、扉がしまりました。電車はあっけないほど早く消え、見送っていた人も戻りはじめました。母さんだけが改札口のそばに長い間たって、つめたい線路が真直にのびる遠くまで見つめていました。

それから、うつけたような毎日が続きました。工場で働いていても、家に戻っていても、母さんは勝之さんが今、何をしているかとばかり考えていました。毎日の新聞で少しずつ悪化する戦況をみるたびに、彼がそんな南海の島に送られないように心のなかで祈ったものです。

勝之さんから検閲という大きな判の押した葉書をもらった時は泣きたいほど嬉《うれ》しかったのを憶《おぼ》えています。文面には自分は元気に軍務に精励しているから安心してほしいとしか書いてありませんでしたが、母さんは何度も何度もそれを読みかえし、本当は言いたくても勝之さんが言えなかったことを読みとろうとしました。

そんな葉書が三通来て、それっきり消息がなくなりました。恩智先生にうかがっても同じように便りがないとのこと。便りがないのが無事のしるしと先生はわざと笑っておっしゃいましたが、皺《しわ》ふかいその眼にはやはり父親の寂しそうな不安な気持が見えていました。本当はその間に勝之さんたちは朝鮮に送られ、それから満洲の関東軍に編入されていたのです。

彼のことを考えるたびに、母さんはよくあの逆瀬川の「秘密の場所」に一人で行きました。

ここだけは戦争の翳《かげ》もない。ここだけは死の匂《にお》いもない。静まりかえった林のなかに昔と同じように渓流の音がきこえ、水の滴る小さな淵に魚がゆっくりと泳いでいます。雑木林にはもう葉はなく、時々、鋭い声を出して百舌《もず》が鳴いていました。

この年の十一月二十四日にB二十九の東京初空襲がありましたが、あたらしい年があけて二カ月もすると、敵機は狂ったように日本のあちこちに襲いかかってきました。

東京が二月と三月との大きな空襲で焼野が原になったこともラジオや新聞ではなく、人の口から口へと伝わってきます。大本営発表という軍部の告示をもう本気で信ずる人も少なくなりました。幸い神戸や大阪はまだそれほどの被害はなく、三月に入りましたが、その三月の二十六日、母さんも敵機におそわれました。

その日、母さんは午後の工場に行く予定で家で待機していたのが幸いだったのです。朝の十時頃、突然、鉄橋をすさまじい速度で通過する列車——あれとそっくりの音が甲東園の裏山からひびきました。びっくりして庭に走り出ると、B二十九とグラマンとの編隊が頭上を通っています。

「逃げて」

と家のなかでお祖母《ばあ》さまが叫びました。グラマン戦闘機が矢のように屋根の上をかすめたのです。その影がはっきりと地面にうつり、思わず顔をあげた母さんには敵機に乗っている飛行士の姿まで見えたように思えました。

母さんが家のなかに逃げこんだ瞬間、地震のように大地がゆらぎました。壁もゆらぎました。眼前で壁にひびが入り、崩れた壁土が床に四散し、窓硝子《ガラス》が音をたてて砕けました。恐怖と震動とですくんだ足は動きません。

「逃げなさい。防空壕《ごう》に」

家族は――お祖母さまや女中とが――母さんをかこむようにして庭にある防空壕に進みましたが、家はゆれて思うように歩けません。その間もすさまじい爆発の音が次々とひびき、豪雨のような響きがそれにまじりました。爆弾の音と焼夷弾《しょういだん》の音です。みなが防空壕に転げるように飛びこんだ時、やっと間ののびした高射砲の音が聞えてきました。母さんたちは教えられた通り、耳の穴に指を入れてたがいの背中に顔を押しつけていました。

これらすべての響きは五分か十分の後に終りました。五十機の敵機は甲東園からそう遠くもない川西《かわにし》飛行機工場に襲いかかり、小憎らしいほどの速さで引きあげました。防空壕を出た時、足から血を出した子供を背負った母親が泣きながら道を歩いてきました。母も子も泥だらけで、話を聞くと、配給物を取りに行く途中、突然、グラマンに襲われ、そばの溝《みぞ》にうずくまっていたのだと言います。

家に足を踏み入れると何もかもが壁土や硝子の破片で覆《おお》われていました。茫然《ぼうぜん》としてお祖母さまも母さんも女中たちも立ちつくしていました。庭に瓦《かわら》が落ちる音がこの時、はじめてゆっくりと聞えました。

心配なのはお祖父《じい》さまのことでした。昼すぎ、電話が入って無事だと安心しましたが、この日、大阪も神戸も別のB二十九に目茶苦茶にやられてしまったのです。

この空襲の日からもう何もかもが日本から失われてしまいました。食べものや物だけではなく、まだ人の心にわずかにも残っていたやさしさやあたたかみも枯れてしまいました。日本は目茶苦茶になり、気力も体力もなくなった人間が炎に追われうごめく場所にしかすぎませんでした。連日連夜のように敵機は日本の何処かに襲いかかっています。軍人たちの本土決戦という声が夏雲の向うでかすかにひびく遠雷のように耳に聞えてきます。しかし疲れきった母さんたちにはもう何も感じません。死んでいく人にたいしても悲しみもなく、自らの死にも諦《あきら》めの気持のほうが強かったのです。

夏が来ました。庭に食料のため植えた玉蜀黍《とうもろこし》の葉が風にゆられ、すべてが、けだるく、もの憂《う》い毎日でした。雲のなかではたえまなく敵の偵察機の音が聞えました。日本にはそれを追いかける戦闘機もないらしく、時々散発的に高射砲の音がするだけでした。

八月のはじめ、広島で新型爆弾が落されてかなりの被害があったというニュースが新聞にのりました。皆の話だとこの爆弾からは光線が出るから、白いシーツをかぶって防空壕に入るほうがいいとのことです。

「どうやら、終戦を政府は考えているらしい」

お祖父さまがそんなある日、会社から戻ってそんな話をされました。

「終戦って、どういう意味？」

　母さんが聞くと、

「降伏ということらしいな」

「すると、日本は敗《ま》けたの」

「そういうことになる」

　八月の中旬、陛下の御放送がありました。皆、部屋を掃除して、正座してラジオを聞きました。お声は女性的で、ラジオの雑音のため何をおっしゃっているのか、よくわかりませんでした。お祖母さまは恩智先生にお電話をして、今の陛下のお話の意味をうかがっていました。

「え、終った？　戦争が。ほんまどすか」

　受話器を持ったまま、お祖母さまはそれ以上、口もきけず茫然と立っていました。女中がすすり泣きをはじめると、母さんもこみあげてくる泪《なみだ》をどうしようもありませんでした。

　庭で玉蜀黍の葉がけだるく風にゆれ、すべてが静かで静まりかえっています。母さんは庭をぬけ家を出ました。道にはふしぎに人一人、姿がみえません。キリギリスが暑くるしく叢《くさむら》のなかで羽をすりあわせていました。

何処《どこ》に行くかを知っていました。そこだけが今、母さんの行くべき場所のように思われました。

雑木林のなかの渓流。勝之さんと母さんとの二人だけの秘密の場所。すべてから美しいものが消えさった時、母さんにとってただ一つ慰めを与えてくれた小さな世界です。

蟬《せみ》が鳴いていました。水のなかに足をひたし眼をつぶりました。この時はじめて戦争が終り、また勝之さんが戻ってくる悦《よろこ》びが胸にこみあげてきました。

その年も翌年も彼は復員してきませんでした。満洲の部隊にいた彼はソビエットの収容所に抑留されていたのです。便りもありませんでした。ただ彼の属していた部隊がシベリヤに連れていかれたことだけがわかっていて、その安否も消息もつかめなかったのです。

恩智先生はめっきり老《ふ》けられました。母さんが時々、見舞にいくと、診察室から顔をだして、

「おあがり」

と声をかけてくださいました。患者のいない時には二人してお茶を飲むこともあり

ました。

「あなたもそろそろお嫁に行かなくちゃね」

湯のみを口にあてて先生がそうおっしゃるたび、母さんは顔をあからめました。心のなかでは、先生、わたしは勝之さんのお嫁さんになりたいんですとそう答えていました。しかし考えてみるとあの人は一度だって母さんのことを、好きだ、と言ってくれたのではないのです。母さんと彼とはまるで兄妹のような気持ではいましたが、それ以上には決してならなかったのです。

縁談はいくつかありました。色々な方の写真を親類の者たちが次々と持ってきてくれます。しかし母さんは勝之さんが復員してくるまでは決して首を縦にふるまいと決心していました。復員して、勝之さんの心に、母さんの存在が消えているか、残っているかをどうしても確めたかったのでした。

母さんはその頃、英語と英文タイプとを毎日、習いに行っていました。お祖父さまは若い娘が外で働くことをなかなか許してはくださいませんでしたが、母さんはこれから女性が男と同じように活動できるという新しい時代に生きたいと思っていました。本当は大学にも進みたかったのです。友だちの一人がやがては日本にも旅客機が自由に飛べるようになると教えてくれた時、母さんはスチュアーデスになろうかしらと本気で考えたこともありました。

昭和二十三年の春、宝塚にできた英文タイプの学校から家に戻ってくると、お祖母さまが、

「勝之さんが戻ってきはった」

と玄関をあけるなり、すぐ言いました。母さんは眩暈《めまい》でもしたように立ったまま、

「えっ」

と叫びました。

「恩智先生から、さっき電話があったんよ」

そこに鞄《かばん》をおいてすぐにでも駆けだしたい衝動を母さんは辛《かろう》じてこらえました。家族水入らずで悦んでいらっしゃるのを邪魔しては悪いと思ったからです。

夕暮、お祖母さまと二人で庭の花を切り花にして先生の家にうかがいました。窓の灯があかるくともり、久しぶりに戻った倖せを先生の御一家がたのしんでおられる御様子でした。

勝之さんは和服を着て家族や親類の方にかこまれて坐《すわ》っていました。母さんをみると、

「やあ」

と昔とそっくりの笑いをうかべてうなずきましたが、その顔はこれが彼かと思うほど老けて、頬の肉もげっそりそげていました。それよりも母さんをびっくりさせたのは、その顔色の悪さでした。ながい間、収容所で食べものも乏しく、辛《つら》い労働をさせられたことが母さんにもよくわかりました。

親類の人たちが収容所の苦労話を根ほり葉ほりたずねていましたが、なぜか勝之さんはそのことをあまり話したがらぬようでした。他人には自らのなめた苦しみなどはとてもわかってもらえぬ――そんな諦めの色が時々、その顔をかすめました。そして、

「元気だった？」

と彼がたずねてくれた時、母さんはうつむいて泪が出るのをこらえました。

（秘密の場所を）と母さんは心のなかで勝之さんに訊《たず》ねました（まだ憶えていますか。勝之さんがいない間あの雑木林と渓流との場所が……わたしの支えになったんです）。

しかし母さんのその心の声に気づかぬように彼は親類の人たちがつぐ酒を杯に受けていました。

お祖母さまと母さんとは早目に失礼しました。家に戻って窓から見ると恩智先生のお宅の灯は夜おそくまであかあかとともっていました。

勝之さんはそれから時々、母さんの家に遊びにきました。

「これから、どうされます」

お祖父さまがたずねると、

「少し迷っています。体が恢復《かいふく》したら中絶している学業を続けようか、それともこのまま社会に出ようかと」

「社会に出るというと？」

「収容所で考えたことがありまして……」

勝之さんはそう言って母さんに笑顔を向けました。がそれ以上は何も説明はしませんでした。その笑顔も兄が妹をいたわるようなものでした。

一カ月後、彼は東京にふたたび戻ることになりました。前の下宿は戦災にあってなくなっているため、当分、友人と一緒に小さな部屋に住むのだと笑っていました。

それでも母さんは彼の一言を待っていました。その一言を口にせず勝之さんが東京に行ってしまうとは思えなかったのです。

彼が東京に戻る五日前、二人は久しぶりに宝塚に行きました。劇場は進駐軍にとられ、動物園には戦争中と同じように小鳥と猿しかいませんでしたが、植物園は花に埋れていました。その花のなかを昔とちがって米国兵と日本女性とがつれだって歩いています。チュインガムを噛《か》みながら背の高い兵隊の腕にぶらさがっている女性を見ると勝之さんは苦しそうに眼をそらせました。母さんだって正直いって良い気持ではありませんでした。

「あそこに、行きましょうか」

「あそこって」彼はすぐ気がつきました。「ああ。行こう」

二人は電車には乗らず逆瀬川まで戻り、川岸を遡《さかのぼ》って山に入りました。花があちこちに咲いていました。忘れることのできない雑木林のなかから山鶯《やまうぐいす》の声が聞えてきます。

夢みたものは　ひとつの幸福
ねがったものは　ひとつの愛

母さんはまだあの詩をはっきりと憶《おぼ》えていました。渓流はなつかしい音をたてて足もとを流れています。岩に腰をかけて母さんは勝之さんの一語を待っていました。

夢みたものは　ひとつの幸福
ねがったものは　ひとつの愛

山鶯の声は遠くなり、近くなりました。水のなかのハヤは岩かげで眠ったように動きません。

「東京に行けばね」

と突然、勝之さんは口を開きました。

「もう当分、帰らないけど」

「帰らない？　なぜですの」

「ぼくは、ある人を探しているんだ。その人を見つけるまでは東京でも忙しいんだよ」

「戦友ですか。一緒に抑留されていた人ですか」

「いや」と彼は首をふりました。「そうじゃない」

「お友だち？」

「いや」

曖昧《あいまい》に勝之さんは口を濁らせ、それ以上、話したがりませんでした。

「帰らないって、どのくらい？」

母さんは懸命になってたずねました。

「さあ、一年かな、二年かな」

勝之さんがある人を探している、その人を探すためには一年も二年もかかるという。そしてその人はお友だちでも戦友でもない。なら一体誰だろう。

突然、母さんの頭に啓示のようにひらめくものがありました。それは女の人ではないのかしら。ひょっとすると勝之さんが好きだった人なのではないかしら。

「その人」

母さんは激してくる感情を抑えながら、

「勝之さんのことを、愛していらっしゃるんですか」

とたずねようとしました。しかしその時、

「帰ろうか」

と彼は岩から立ちあがりました。

五日後、彼は甲東園の駅から電車に乗って東京に去っていきました。母さんは送りませんでした。送れなかったのです。

あなたにあてて母さんの青春時代を語ろうと思っているうちに、つい、こんな思い出を書いてしまいました。十六歳になったあなたに、母さんの十六歳の頃のことを話したかったのです。なぜなら、この病気はあなたがその年になるまで母さんを生かしてはくれないでしょうから。

誤解してもらっては困りますが、こんな手紙を書いたからと言って、母さんがあなたのお父さまに冷やかな気持を持っているとは思わないでください。いえ、むしろ、それとは逆に母さんはお父さまのおかげでこんな入院生活を続けさせてもらっているのです。

勝之さんが東京に去って半年後、母さんは親類の奨《すす》めでお父さまとお見合をしました。

律儀《りちぎ》で真面目《まじめ》な青年だという親類の話の通りの人だと思いました。大学を出てすぐ中支に召集され、復員したお父さまは苦労をなめておられただけに、母さんの我儘《わがまま》や子供っぽさを妹でも見るように許してくださったのだと思います。

結婚して半年目、あなたがお腹《なか》にできた時、母さんはお医者さまから胸に影のあることを知らされました。あなたを生めばその病気は悪化すると教えられて、どうするかと言われた時、母さんは、

「生みます」

とお父さまとお医者さまにたのみました。自らの生命と引きかえに体内の生命を抹《まっ》殺《さつ》するようなことは母さんにはやっぱりできなかったのです。空襲の時、たくさんの母親が子供の上におおいかぶさって、自らの体で子供たちを守ろうとしたのを母さんは知っていました。その話をお父さまにして、

「生みます」

とおねがいした時、

「そうか」

とお父さまは母さんの顔をじっと見て、うなずきました。

この手紙で母さんは何をあなたに言いたかったのでしょう。母さんがもし、ひょっとして、あなたの十六歳まで生きられなかったら、このことだけは泰子ちゃん、信じて頂戴《ちょうだい》。この世のなかには人が何と言おうと、美しいもの、けだかいものがあって、母さんのような時代に生きた者にはそれが生きる上でどんなに尊いかが、しみじみとわかったのです。あなたはこれから、どのような人生を送るかしれませんが、その美しいものと、けだかいものへの憧《あこが》れだけは失わないでほしいの。

手紙はそこで終っていた。おそらく母はそこからまた翌日、書きつづけようとしたが病気が悪化したため筆をおいたのだと泰子は思った。

手紙を読み終った時、泰子は少しだけ泣いた。こういう時、いつまでも泣きつづけるような感傷的な気持を彼女は嫌いだった。

尺八はまだ聞えてくる。彼女が顔をあらい髪をなおして階段をおりると、その尺八の音がとまった。庭の池でまた鯉《こい》のはねる音がした。

「読みました」

彼女がそう声をかけると、両手に持った尺八を口から離して、

「そうか」

と父親はうなずいた。

「父さんが読むとでしたら、持ってきましょうか」

父親は娘をいつくしむように見て首をふった。

「あれは、母さんがお前だけに書いたもんだ。泰子だけ読めばよかとよ」

泰子は父親のそばに寄って自らの膝《ひざ》を両手でかかえながら、庭に眼をやった。

庭にももう夏が来ていた。猿すべりの葉がのび、あじさいの花がひらき、遠くで蟬がないていた。

「どうするとね。学校を出たら」

と突然、父親がたずねた。

「お嫁に行く準備ばするか、それとも大学に行くか」

「知らん。まだ、決めとらんもん」

彼女はこれからの自らの人生をどうするか、まだ決めかねていた。大学に行きたいという気持と父のそばから離れたくないという感情とが心のなかで交錯している。

夢みたものは　ひとつの幸福

ねがったものは　ひとつの愛
彼女は母親の手紙のなかに書かれていた詩をまだ憶えていた。
山なみのあちらにも　しずかな村がある
あかるい日曜日の　青い空がある

出あい㈠

高校を卒《お》えると、泰子は色々と考えた末長崎の浩水女子短大の英文科に入学した。親友の水谷トシもなんとか父親を説得して同じ学校の家政科にもぐりこんだ。家政科なら花嫁修業にもなるというのがトシの家族を説得した理由だった。

二人の住む町から長崎までバスで一時間もかからない。バスが蜜柑《みかん》の樹《き》の茂った山をくだると、もうそこは戦争中、原爆の落ちた浦上《うらがみ》である。間もなく三菱《みつびし》の造船ドックや大きなタンカーの見える長崎湾が細ながい両腕のような岬《みさき》にかこまれて眼に入ってくる。その岬にある丘陵の中腹に彼女たちの通う浩水女子短大があった。

明治のはじめに創設された古い伝統のあるミッション・スクールで、有名なオランダ坂をのぼりきると右にもう廃屋になった木造の洋館が残っているが、それが昔の校舎の一つであり、日本にやってきた外人教師の邸宅でもあった。蔦《つた》に覆われた灰色の建物は品があって、落ちついて泰子は好きだった。

だがそれ以上に好きなのはそこから見える港のあかるい風景だった。授業の途中、あけ放した窓から風がながれこみ、その風に乗って沖に出ていくタンカーの汽笛がきこえる。時には港に停っているすべての船がいっせいに汽笛をならすこともあったが、それはドックで進水した船を祝うためだった。

英語の好きな泰子には学校の授業はたのしかった。外人の先生も彼女の発音や和文英訳のよさをほめてくれたし、ほめられれば、ほめられるで泰子はよく勉強した。

しかしもっと楽しいのは大学生として獲《え》られた自由だった。高校の時のように放課後の行動をやかましく言われることはもうない。

授業がすむと水谷トシと長崎の町をよく歩いた。目ぬき通りの浜ノ町のアーケードをぶらついて、この通りで一番、しゃれた婦人服を売っている「タナカヤ」という店をのぞく。

トシは高校生の時は歌手やテレビ俳優の情報通だったけれども、家政科に入ると長崎の町の色々なことを泰子に聞かせる役になった。

「あんた、知っとる？　タナカヤで体の大きか人の働いとるとでしょう。色の少し黒か人」

「うん。うん」

「あの人ね。タナカヤの息子よ。そして学生時代、フランスに行って英国までドーバー海峡ば泳ごうとしたとよ」

こういうことをトシは何処《どこ》から聞きこんでくるのか、よく知っていた。

「タナカヤ」で流行の服を見物したあとは、すぐ近くの「銀嶺《ぎんれい》」か「富士男」という店で休む。「富士男」は珈琲《コーヒー》がおいしい。「銀嶺」は古いランプや古い皿を店内いっぱいに飾ったレストランだった。

このどちらかの店で珈琲一杯で夕方までねばるか、土曜日には映画を見るかして二人でまた帰りのバスに乗る。

「あんた、知っとる？　浜ノ町のうしろに虎寿司《ずし》というお寿司屋があって」

トシはまた、こんな情報を泰子に教えてくれた。

「そこに、東京の新劇の俳優のよう来るとよ。岸田今日子さん、見た人もおるとよ」

二人はある日、無理してその「虎寿司」に出かけてみた。夜の開店まで時間が少しあったが若い主人が店の支度をしていた。

「残念ですなあ。一週間前、劇団の人たちの見えられたばかりですよ。そげん毎日、来られるわけではなかですね」

トシは主人に聞こえぬように小声で言った。

「時代劇の俳優やったら、よかね」

「誰が」

「ここの御主人。あんた、知っとる？　この人、クラシックの歌ば勉強しとるとよ」

夕暮、バスに乗って、ふたたび蜜柑畠《ばたけ》の山を越え、自分たちの町に戻ると、町には灯がやさしくうるんでいた。むかし長崎で殉教した二十六人の切支丹たちがそこで上陸したと言われている小さな港に、漁をすませた漁船がエンジンの音をたてて一隻《せき》、また一隻、戻ってくる。沖はもう暗いが、海の匂《にお》いがバスをおりた泰子の鼻をつく。自分は倖《しあわ》せだと彼女は思った。この海の匂いのする町。夕暮になると船が戻る港。そしてあの長崎。そこから離れた一生を泰子は考えることができなかった。

「そうかなァ」

彼女の言葉に水谷トシは首をかしげて、

「わたしは、もっと大都会に住みたかねえ。たとえば神戸や東京のような」

「なぜ？」

「だって面白かことの、たくさん、あっとでしょ。そげん都会に住まわしてくれるとなら、今でもすぐお嫁に行くとばってんねえ」

結婚ということは泰子やトシにはまだ実感がなかった。高校時代の友だちには上級学校に進学せず、結婚した人が二人いたが、その二人の生活は自分たちと無縁なもののようにまだ思われた。

そのかわり、変愛のことはなにか、ある憧《あこが》れをもって彼女たちの頭にうかぶのだった。やがて現われるであろう恋人のイメージについて泰子とトシとは時々、語りあったことがある。それはやさしくて、男らしくて、寛大で、美男子で、というすべての条件をそなえているイメージであったために、二人はかえって心のなかで実現不可能だと思っていた。

泰子は学校の帰り、たいてい店に寄った。ジャンパー姿の父親はまだ店の事務所にいて娘を見ると、

「お帰り」

と眼に入れても痛くないというような笑顔をみせた。父親にとって泰子はまだ小さな女の子のように見えるらしかった。

大学生活がはじまって一学期が終りかけた時、彼女は雨宮という女の先生から校庭で呼びとめられた。校舎のどこかでコーラスの練習がきこえていた。

「早良《さがら》さん」

米国で長い間、生活していた雨宮先生は、どこか垢《あか》ぬけのした服装をしていた。

「いい？　一寸《ちよつと》、お話をして」

「はい」

英語の好きな泰子はこの雨宮先生に親愛感を持っていた。結婚こそしていないが、それでいて女らしさを失わず、品があって、自らの生き方を生きている先生を尊敬もしていた。

「あのですねえ、英語劇に出てみる気はない」

「英語劇ですか」

眼を丸くしている彼女に先生は笑いながら、

「そうなの。知らなかった？　うちの学校は毎年一回、英語劇をやっているの。はじめはうちの学生だけでやっていたのだけれど、一昨年からN大学の男子学生と合同でやるようになったのよ。あなた、それに出る気はないかしら」

「わたしが？　先生。とても」

と泰子は顔をあからめて、

「自信なかとですよ」

「大丈夫よ」

雨宮先生は首をふって、

「あなたなら自信を持ってもいいわよ。今までの成績から言っても二年生に決して引けはとらないもの」

「でも……」

「でもじゃないの。うちの学生の英語がN大学の男子学生に決して負けないところを見せて頂戴」

先生は泰子の肩をポンと叩《たた》いて、

「学生生活のいい思い出になるわよ」

と励ました。その言葉で泰子は思わずコックリとうなずいてしまった。

翌週、レストランの「銀嶺」の二階を借りて二つの大学の出演者の顔あわせがあった。

夏が近づくと長崎の夕方は風のない日がある。この日も夕なぎで湾は妙に静まりかえり、三菱ドックは西陽をうけてキラキラと赫《かがや》き、巨大なタンカーはくたびれたように海に浮かんでいたが、それでもつよい日ざしを受けた思案橋のあたりを人がたくさん歩きまわっていた。

泰子が少し遅れて「銀嶺」につくと、雨宮先生がちょうど四、五人の女子学生と二階に行く階段をのぼっているところだった。

「いらっしゃい、早良さん」

と先生は下を見おろして笑顔で彼女に声をかけた。ひんやりとした二階の部屋にも階下と同じように古いランプや皿や時計が飾られていたが、そこにN大学の男子学生が緊張した顔で腰をかけていた。彼等はまぶしそうな、しかし好奇心のこもった眼で浩水女子大の女子学生を見ると、頭をさげて椅子《いす》に坐《すわ》った。

それぞれの自己紹介が終ると、雨宮先生がタイプをうった脚本をくばった。

「みなさんは、それぞれ英語にお強い方ですから、いちいち訳する必要はないと思いますけど」

と言って先生は皆を笑わせた。

「去年も一昨年もシェクスピアーやエリオットのような英国劇をやりました。今年もそんな脚本を選ぼうかと思ったのですが、少し趣向を変えてみたのです。これは長崎を舞台にした日本の作家が書いた芝居です。幸いなことに英訳がされ、その英訳で英国のB・B・C放送や独逸《ドイツ》のフランクフルトでラジオ・ドラマが放送されています。今度はこれを使ってみたいと思うのです」

脚本は「ゴールデン・カントリイ」という題で、泰子も名を聞いたことのある日本の作家の作品だった。雨宮先生がうつくしい発音でその英訳された台詞《せりふ》を読みながら、

「これは消しましょう。舞台時間の関係で」

とか、

「この台詞は次の頁《ページ》の台詞につなげましょう」

と説明をしている間、泰子たちも男子学生も真剣な表情で万年筆でその訂正を書きこんだ。

途中で泰子の万年筆のインキが切れた。あわてて鞄《かばん》のなかを探したが、生憎《あいにく》、鉛筆を忘れていた。

その動作を見ていた向い側のN大学の学生が、

「これ」

と言って、ワイシャツの胸ポケットに入れたボール・ペンを転がしてくれた。そして彼女にニヤッと片眼をつぶった。

もう何処かで泳いできたのか、顔が陽に焼けて真黒である。彼は自分は万年筆を使

いながら、時々、わからなくなるのか、隣りの友人の脚本を覗《のぞ》きこんだり、一度、消したところをあわてて書きなおしたりしていた。

「まだ、配役はきめていませんけど、一応、一人一人に最初の一頁を読んで頂きましょうね」

訂正が終ると雨宮先生は皆の顔を微笑して見ながら、

「じゃ、右の人から」

と男子学生を促した。

泰子たちは緊張してその学生の読むのを聞いていた。自分たちよりもN大学の学生が英語力があるとすれば、やっぱり面目を失うからである。これから一緒に彼等と英語劇を合同公演するのだが、そこには男と女の学生であるだけに対抗意識がないとはいえない。見物にくる両校の学生や父兄もきっと、そんな気持で観劇するにちがいない。

雨宮先生にさされたN大の学生はさすがに流暢《りゅうちょう》な発音で脚本を読みはじめた。舞台は長崎奉行所で、奉行が部下の役人に禁制の切支丹を信仰している百姓をどのように見つけるかを説明している場面である。

ボール・ペンを貸してくれた学生は大きな欠伸《あくび》をしたが、泰子の視線に気づいてあわてて口を押え、ニヤリと笑った。

（変な人）

不作法な彼に泰子は眉《まゆ》をひそめ、脚本に眼を落した。

「じゃあ、次の人」

今度は浩水女子大の女子学生が同じ頁を読んだ。これも泰子が感心するくらい、しっかりとした英語の読み方だった。

先生の指名が次々とまわって泰子の番が来た時、彼女は上眼使いにさっきの学生を見たが、彼はまるで馬鹿《ばか》にしたようにうす笑いをうかべて泰子が読むのを待っていた。怒ったようにその顔を見つめると、彼女はゆっくりと脚本を読みはじめた。するとN大の男子学生たちも感心したようにその発音を聞いていた。

「結構ね」

雨宮先生は泰子が読み終ると満足そうにうなずいて微笑を頰につくったが、やはり彼女をこの英語劇に誘ってよかったという安心感が表情にありありと浮かんでいた。

「じゃ、次はあなた」

指名されたのは泰子にボール・ペンを貸してくれた学生だった。

「え、ぼくが読むとですか」

突然、素頓狂《すっとんきょう》な声を出すと、彼は懸命になって脚本の英語を発音しはじめた。ひどい発音だった。女子学生たちは笑いをかみころしてうつ向き、雨宮先生は困ったように彼のほうにじっと視線を向けていた。

「あの……」たまりかねた先生も「それはファーミイじゃなくてファーマアじゃないかしら」

と時々、その読みかたを直さねばならなかった。

読み終ると彼はフウーと溜息《ためいき》をつき、ポケットからハンカチを出して首の汗をぬぐうと、

「むつかしか、です」

「どうも、そうらしいわね。大丈夫かしら」

「大丈夫です。今度、来る時までは、ぼくは練習してきますけん」

それから彼はそっと泰子のほうを見て照れたように一寸、舌を出してみせた。スケジュールのうち合わせがあって皆はガタガタと椅子の音をたてながら帰り支度をはじめた。

外は相変らず暑かったが、風がやっと出てきた。浜ノ町のアーケードにはまだ、たくさんの人が散歩をしている。その靴音がアーケードの天井に反響している。彼女は

そこをぬけ出ると停留所で帰りのバスを待った。おくれて来たN大の学生たちがその彼女を見て、

「さようなら」

と挨拶《あいさつ》した。

「さようなら」

と彼女も頭を下げた。


夏休みになった日に親類の子供たちが久留米《くるめ》からやって来たので、泰子はその子供たちをつれて宮摺《みやずり》の海水浴場まで泳ぎに出かけた。

宮摺は長崎の裏山をこえた茂木町のすぐちかくにある有名な海水浴場だった。茂木の山はビワが至るところに植えてある。そのビワの木のなかで蟬《せみ》の声が滝のようにひびいてきた。

泰子の家の近くにも泳げるところはあるのだが、子供たちを泳がせたあと、双見荘という見晴しのいい料理屋で夕食をとろうと父親が言うので、彼女は先にバスで子供たちを連れて茂木まで来たのだった。

二時間ほど彼等を遊ばせたあと、まだ時間があったので港まで散歩した。茂木はむ

かしポルトガルの宣教師たちが大村純忠《すみただ》からゆずり受けて小さな領地のように所有していた場所だと聞いたことがある。そのため九州を征服した豊臣秀吉が激怒して切支丹禁制に踏みきったという説もある。

長崎湾ほどの広さではないが両手でだくように岬にかこまれた入江は波ひとつなく、その波ひとつない入江を乱すのは、時々、戻ってくる漁船である。港には大きな箱をつみかさねて船を待っている漁師たちが煙草《たばこ》をふかしながらしゃべっていた。

久留米から来た親類の子たちは海や船がよほど珍しいらしく、飽きずに漁船をのぞきこんだり、漁師たちのそばで魚の入った箱を眺めていた。

一隻《せき》の漁船がまた波をつくって戻ってきた。その船がつくった波はうねりながら更に大きな波をつくり、油をながしたような入江を一時、かき乱す。パタパタというエンジンの音はやがて港が近づくと、ゆるやかになり、小さな甲板にたった男が、

「おーい」

と叫んで綱を投げる。待っていた漁師がそれをたくみに受けとる。

泰子が子供たちとその風景を眺めていると、到着した船から引きずるように魚の入った箱を岸壁にあげている男の一人が、突然、

「やァ」

と彼女に声をかけてきた。

ほかの漁師たちと同じようによごれた鉢巻をして真黒に陽にやけているので、誰かわからず、びっくりしている泰子に、

「ぼくですよ。忘れたとですか」

それはあの英語劇でものすごく下手糞《へたくそ》な発音で脚本を読んだN大の学生だった。

「まァ」

彼の体からは海の匂《にお》いがした。塩の香りが感じられた。鉢巻を頭からとって彼は首の汗をふくと、

「こげん恰好《かっこう》ばしとるけん、わからんかったとでしょう」

「ええ。お宅の船ですか、これ」

「なに。アルバイトですよ。夏休みの」

彼は陽にやけた顔に白い歯をみせた。白い歯――そう、母の手紙にも母が好きになった青年が白い歯をみせたと書いていたのを泰子は思いだした。

「もっと楽なバイトもあったですが、こっちのほうが条件のよかとですよ。力仕事なら自信のあるもんね。英語のほうはさっぱりじゃが」

泰子は思わず声を出して笑った。たしかに彼の英語の発音はひどいものだった。あ

の集りのあとでも出席した浩水女子大の女子学生たちの間で、それはしばらく話題になったくらいだった。

「あの、頼みのあるとですが、きいてもらえんですかね」

「わたしに？」

「そう。ひとつ、ぼくに英語の発音、教えてくれんかなあ。脚本の英語の」

「自信なかあ。とても……教えるなんて」

泰子が困った顔をすると彼はたたみこむように、

「何ば言うとる。あげんスラスラと読むくせに。外人のごたってみんな言うとったです」

鉢巻をとった頭をさげて彼は、

「お願いします。お願いします」

と強引に言った。そのペコ、ペコ、頭をさげる姿が可笑《おか》しくて泰子もうつむいたが、うつむいたことを承諾の意思表示と彼はとってしまった。

「次の集りは八月の五日だったですね。ぼくは三十分早う、銀嶺で待っとりますから、この三十分間に発音の練習ばしてくれんかね」

そう言うと彼は鉢巻をしめなおして、漁師たちと一緒に魚のまだピチピチとはねている木箱を動かす作業にとりかかった。漁師たちも学生の彼を特別扱いをせず、と言って馬鹿にもせず仲間の一人として見ているようだった。

双見荘に子供たちを連れて行くと、父親は既に伯母と先に座敷で皆を待っていた。部屋の窓からはすっかり暮れた海が灰色にひろがり、向うの小島で小さな燈台《とうだい》の灯が点滅していた。夕影につつまれた港はさだかには見えぬが、まだ岸壁で作業を続けている四、五人の姿があった。彼もきっとそこにまじっているにちがいない。

生きた白魚が鉢に入れられて出されると子供たちは面白がって騒いだ。しかし生けづくりの魚がまだ動いたまま大きな皿で運ばれた時、みんなは悲鳴をあげた。

「睨《にら》んどるよ。まだ」

と泰子は子供たちをからかった。そして、ああ、夏休みがはじまったのだ、と実感をもって感じた。

八月五日、雨宮先生の第二回の集りがあった。ともかくも彼と約束をしたのだから三十分前には行かねばならない。困ったような、しかし楽しいような複雑な気分である。

今日もむし暑くて、曇った空から一雨、来そうな感じだった。「銀嶺」の扉を押すとバッハのレコードが流れていて、客の数はあまりない。

階段をのぼり、例の部屋に行くと彼が子供のように脚本を両手でもって、発音の練習をしていた。

「こんにちは」

と彼女が挨拶をすると、ピョコンと頭を下げ、

「よか時に来てくれたぞ。今、独習ばはじめたところ」

それから臆面《おくめん》もなく、あのひどい発音で、

「イツ・ザ・セイム・ウイズ・ユー。ユー・アー・ユーズフル」

と読みはじめた。

彼女が赤鉛筆で注意せねばならぬ単語にアンダー・ラインを引き、発音を少しずつ直してやると、その毎度、

「ふうーん。なるほど」

と彼は溜息《ためいき》をついて感心して、

「そげん流暢な発音を、どこで習ったとね」

とたずねた。

三十分のエクササイズが終って、そろそろ雨宮先生や皆が来そうな時刻になった時、彼の発音ははじめよりは幾分はましになった。

「そりゃ、そうと、あんたの名前、俺はまだ知らんかった」

と彼ははじめて気づいたように訊《たず》ね、

「ぼくは西といいます、西宗弘です」

二人で雑談をしていると階段をのぼる足音がして、N大の学生が何人か姿をあらわした。

「お前、もう来とったとか」

「うん。この人に、発音ば習うとったとさ」

「うまかこと考えよる。本当にお前の英語は聞いておられんもんね。N大の恥たい」

「何ば言うとか。今の三十分でどげん上達したか、あとでわかるとぞ」

その日も雨宮先生が一人一人を指さして脚本を読ませた。そうやって何度も発音させながら台詞《せりふ》を憶《おぼ》えさせさせようというのが先生の考えらしかった。

「じゃ……あなた」

西の順番が来た時、泰子は自分の時よりもハラハラしながら彼の顔を見た。西は片眼をつぶって合図したが、それは安心しろと言う意味らしかった。

ところどころは変な発音もしたが、この前よりは格段の進歩だった。

「おやおや。誰にお習いになったの」

と雨宮先生はびっくりして、

「この前とは随分ちがうわ」

「早良さんに教えてもらったです」

西ははっきりと泰子の名を出して彼女の顔を赤らめさせた。

この日は配役がきまった。一年生の泰子にはさすがに主役はあたらなかったが、そのかわり切支丹の侍を父親に持つ雪という娘をやるように言われた。雨宮先生は笑いながら、

「西さんはノロ作という役になって頂くわ」

「ノロ作？　それはどげん人物です」

「脚本を全部わたしたらわかるけど……、少し頭の鈍い、人の良い百姓なの」

「俺が？　嫌だなア」

「でも愛嬌《あいきよう》があるの。それに出場の多いわりに台詞が少いから」

集りが終って皆が「銀嶺」を出た時、西は、

「早良さん」

と声をかけた。

「有難うよ。おかげで今日は恥ばかかずにすんだもんね」

「いいえ」

「お礼に俺の車で家まで送ってやるよ。君の家、どこ?」

「車もっているんですか」

「そうさ」

すると一緒に歩いていたN大の学生たちが声をだして笑って、

「あれが車かね。あげん車なら持たんほうがましたい」

「こいつら、ひがんどるとですよ。行こ。早良さん」

西は強引に泰子を引張って「銀嶺」から少し離れた鵠台寺という古い寺の横に連れていった。長い塀《へい》から墓がのぞき、カナカナが鳴いている大きな楠《くすのき》の下にその車がおいてあった。

友だちが笑ったのは無理もない。それはどんな中古車売場にも見あたらぬようなポンコツの古いダットサンだった。

「え?　これですか」

「そう。見かけは悪かだけど、よう走る。アルバイトして七万円で買うたんだけど」

彼はドアをあけて、すり切れた椅子《いす》に泰子を坐《すわ》らせた。驚いたことにはそのドアは縄でくくらねば、しまらないのだった。

「でも、わたしの家、遠かですよ。長崎から一時間ばかかるとですもん」

「かまわんですたい。今日はバイトのなかですから。送りましょ」

本当を言えばこんな車で自分の町に送ってもらえば顔みしりの人に笑われるのが嫌だったが、西はもうエンジンをパタパタパタといわせていた。

パタパタパタ。すさまじい音で車が走りはじめると通行人たちが驚いてふりかえる。途中で追いこした雨宮先生や女子学生も足をとめ、眼を丸くしてこの車を見つめていた。車のなかで泰子は顔を赤くして頭をさげ先生に挨拶《あいさつ》をした。

「気持のよかでしょが」

と西は嬉《うれ》しそうに言ったが泰子はただ、

「はア」

と答えるより仕方がなかった。

広い通りに出るとうしろから来た車に次々と追いぬかれる。追いぬかれるのはいいのだが運転席から嘲《あざ》けるような顔がこっちを覗《のぞ》くのである。

「スピードのあまり出んのが難点だが、それでも歩くより早かね」

とさすがに西は照れくさそうに冗談を言ったが泰子としては歩いたほうがましだと思うくらい恥ずかしかった。

バスで一時間かかる彼女の町にそれ以上の時間をかけて到着した時は日はすっかり暮れていた。父親はまだ店にいるか、と思ったがこのパタパタ車で店に乗りつければ、店員の田口たちに笑われるだろうと考えて、家のほうに送ってもらった。

椅子が悪いせいか車をおりた時、腰がいたかった。

「ここが、君の家か」

「そう」

「金持だね、君のお父さんは」

「昔からある家ですもん、なかはボロボロよ」

あなたの車みたいなもの、と皮肉を言おうとしたがやめて、

「一寸《ちよつと》、あがっていらっしゃる」

「うん」

西は嬉しそうに泰子のあとをついて玄関にはいってきた。玄関にはたった今、戻ってきたばかりらしい父親の靴がおいてあった。

「お父さん」

と彼女は茶の間にいる父に声をかけて、

「送っていただいたとよ。N大の人に」

と西を紹介した。浴衣《ゆかた》に着がえた父親は夕刊を手にして玄関に出てくると、

「そりゃそりゃ、有難さんでした。どうぞ、どうぞ。何なら晩御飯ば食べていってください」

と西に笑顔をむけた。

うち水をした庭の池で鯉《こい》が水音をたてていた。いつもは婆《ばあ》やを入れて三人でたべる夕食のテーブルに西が加わったので、茶の間がなんとなくあかるくなったように見える。

「そう。島原から来とらすとね」

「そうです。ぼくの家は文房具屋ばやっとるとです」

西は家で大学に行ったのは自分一人で父親が死んだあと兄が家業をついで学資を出してくれたのだと言った。

「兄貴に全部負担ばかけるのも心苦しかですから、バイトやっとります。この間、茂木で早良さんに見つけられました。魚くさかったとでしょ」

父親は大きくうなずき、泰子も飾らない西の性格に好感をもった。食事がすんでしばらく雑談してから彼はパタパタとあの車の音をたてながら帰っていった。

「気持のよか学生さんだね」

と父親は言った。
「時々、ここに食事によんであげるとよかよ。下宿じゃア、まずいものしか食えんとやろうから」

出あい㈡

あとから思いだすと、その夏休みは毎日毎日が空の碧《あお》さで充《み》たされていたような気がする。雲ひとつない晴れた日が続いて、夏の暑さもひとしおだったが、そんなことは若い泰子には気にならなかった。朝まだ涼しいうちに起きると彼女は父親や婆やを起さぬように洗面をすませ、英語の勉強をかなり熱心にやった。レコードとカセットを使って発音を徹底的にやりなおし、英語の新聞を丹念に読む。それを二時間ほどつづけると、庭で蟬《せみ》がなきはじめ、朝食だと婆やがよびにくる。

午前中はその勉強を続け、午後は店の手伝いに行った。伝票の整理をしたり、帳簿をつけたりするのである。どこかにアルバイトに行くよりはこのほうが気楽だったし、父も悦《よろこ》んだからである。

金曜日がくると水谷トシを誘って長崎に出かけてショッピングをたのしんだり、お茶を飲んだあと「銀嶺」で雨宮先生の英語劇の練習に参加した。アルバイトでますます陽に焼けて黒くなった西宗弘は彼女の顔を見るたび、

「印度人よりも俺のほうが黒かですよ」

ハンケチのかわりに、腰にぶらさげた手ぬぐいで汗をぬぐい、発音の訂正を泰子に求めるのだった。

練習は暗誦《あんしょう》した英語の台詞《せりふ》をたがいに言いあうようになってきた。一時間半の稽古《けいこ》がすむと階下のテーブルで彼女を待っているトシと一緒にバスに乗って家に戻った。西があのバタバタと音をたてる車で二人を送ってくれたことが、あれからもう一度ある。この夜はトシもよんで一緒に夕食をたべ、三人でトランプをやって遊んだ。

「今度、ぼくの家に遊びに来んですか」

トランプで大敗した西は一向に口惜《くや》しそうな顔もせず大声で笑ったあと急に泰子とトシを誘った。

「西さんの家って何処《どこ》」

とトシがたずねると、

「島原。うちは文房具店ばやっとる。小さか町だが、島原までの海べりの風景を君た

ちに見せたかね」

「見たかあ。でも日帰りで行けるやろか。外泊は父に叱《しか》らるっけん」

「あのボロ車さえ我慢してくれれば、そう、朝十時に長崎を出て、途中、島原の乱の原城ば見物したあと、ぼくの家で飯くうても夕方の五時か六時には長崎に戻れるたいね。こげんプランなら、疲れもせんやろう」

中学校の時、泰子は原城や島原を見物したことがある。しかし、それっきり訪れてはいない。西の誘いは彼女にもトシにも魅力があったので、

「いいわねえ」

と二人ともうなずいてしまった。

その夜ふたたびバタバタと音をたてる車で長崎まで戻る彼を、泰子とトシは人通りの少くなった通りまで出て見送った。地方の町ではもう八時になると、どの商店も店をとじてしまう。時々、林のなかで目のさめた蟬が妙な鳴声をあげている。

「あの人」

とトシが泰子をからかうように、

「泰子のこと、好いとるととちがう?」

「何ば、言いよっと」

「いいや。わたしの直感て、当るもんね」

泰子は懸命になって首をふったが、悪い気持はしなかった。しかしトシと別れて家に戻った時はもうこの会話はすっかり忘れていた。

約束の日の朝、長崎駅の前で西宗弘と待ちあわせた。トシと泰子が彼の車にのりこむと、いつもと違って車内には妙な香水のような匂《にお》いがした。

「よか匂いでしょ」

と彼は自慢した。

「二人のレディスば乗せるけん、車内に臭か匂いのせんごとこいばぶらさげたとですよ」

「でも」

とトシは窓にぶらさがっている丸い臭気どめを見て、かなりはっきりと言った。

「おトイレ用のものじゃなかとね。かえってきたなかね」

「うん。エア・ウィックば買おうと思うたとけど、こちらが安かと言われたもんのけんね」

長崎から車を国道に向けて走らせると、間もなく道は諫早《いさはや》で二つにわかれる。一つは大村に一つは小浜《おばま》に向うのである。

夏の大きな雲が青空に両手をひろげたような形で湧《わ》いている。フェニックスを両側に植えたアスハルト道はその夏雲の方向にむいて一直線に走っている。車の窓から風が流れこみ、トシと泰子とは髪に手をあてた。

幾つかの村、幾つかの小さな町を過ぎる。夏の町には猿すべりの花が咲き、蟬がないていた。盆おどりの準備をしている町もあった。

「夏休みじゃなあ」

西はそんな風景を見ながら泰子をふりかえって白い歯をみせ笑った。その笑顔が少年のように無邪気で好ましかった。

千々石《ちぢわ》をすぎると雲仙《うんぜん》と海がみえる。海は今日、湖のように静かである。その海の遠くに長い薔薇色《ばらいろ》にかがやく島がかすんでいたが、それが天草の島だった。

「このあたりは、日本のコート・ダジュールよ」

と西は柄にもなく妙な発音で気どったことを言った。

「コート・ダジュールって何?」

「そらさ、俺あ、まだ行ったことはなかけどさ、カンヌやニースのある南仏の海岸のことばい」

この海では黒鯛《くろだい》がよくとれるという。漁の好きな西は少年の頃から漁によく出たそうである。

コート・ダジュールかコート・ダズュールか知らぬが西が見せたいと連れてきただけあって、やがて小浜の温泉町をすぎ、加津佐《かづさ》、口之津《くちのつ》にそった海岸線の風景は海べりの町に育った泰子やトシにも泪《なみだ》ぐみたいほど素晴らしかった。

波のかんだ黒い奇岩の散らばる海岸があると思えば、また眼のさめるほど白い砂浜が弓のように続く場所もあった。西はその砂浜で車をとめ、三人はしばらくの間、すき通る海水のなかに足をひたして遊んだ。沖には何隻かの漁船が出ていて、水平線には先ほどの天草島がみえるのである。

「よかとこねえ。こんなところに住みたかよ。わたし」

トシがそう叫ぶと西は少し悲しそうに首をふって、

「それは歴史を知らんけんよ。本当はこのあたりは自然は美しうても、人間の悲しか土地ですよ」

「なぜ」

「学校で習わんやったとね。この口之津や加津佐は今はさびれた漁港町ばってん、むかしは遠い国から南蛮船のたどりつく港だったと」

「知っとる。そんなこと」

「だから口之津や加津佐では切支丹になったものは多かとね。迫害が来た時、その信徒はここらあたりで殺されたり、ひどい目に会わされとる。あの松林に切支丹の十字を彫った墓が人にわからんように残されとるとよ」

「昔だけのことでしょ」

「明治大正になっても天草の女たちは人買いに買われてこの口之津から船に乗せられ、ニューギニヤやジャワに連れていかれたもん」

「ほんと？」

「ほんとさ、あんたたちゃ無邪気すぎるよ。いつの時代も弱か者は虐《しいた》げられるとたい」

「西さんは」

トシはびっくりしたように、

「左翼？」

「左翼じゃなか。しかしぼくも現代の学生じゃから革命に関心があるなあ」

彼はそれ以上、何も言わなかったし、泰子やトシも西のその言葉には関心を持たなかった。つめたい、澄んだ海水にぬれた足で白い砂浜を歩き、三人はふたたび車にのった。

口之津をすぎて二、三十分もしないうちに岬のような海に突出した褐色の崖《がけ》をみた。崖の上に白い十字架が遠望できる。そこが天草の農民三万がたてこもり、十万の幕府軍を相手に血みどろの戦いを続けたのち全員、虐殺《ぎやくさつ》された原城の跡である。

遠くからみると岬のようなこの城跡は、夏の海で子供たちがつくる砂の城に似ていた。崩れるとは知りながら波の引く間に急いで砂をかき集めて作る砂の城。それと同じように農民たちは急造の城をここに作り、崩れると知りながら大きな暗い運命と闘ったのである。

西の運転する車は間もなく、藷畠《いもばたけ》のなかの道を走りはじめた。そこが原城の西二の丸の跡で、苔《こけ》むした石垣がところどころに残っている。海に面した広い台地が本丸であり、この西の丸と本丸との間の空濠《からぼり》には戦いの間、女、子供たちが身をひそめ、かくれていたが、その女、子供たちも攻撃軍のために一人のこらず惨殺されたという。

「島原にはその首塚のあるとぞ。ここで殺された三万の農民の男女は長崎、天草、島原に埋められたばってん」

西はこわごわその空濠を覗《のぞ》きこむトシと泰子とのうしろに立って説明した。

「よう、知っとらすね、西さんは」

「小学校の時も中学の時も、遠足と言えばここに連れられてきたもん。それに、ぼくの祖先もあるいはここで死んだかもしれんし……」

「ほんと」

「か、どうかは知らん。でも、ぼくの体内には島原の一揆《き》の連中の血が流れとるかもしれんよ。少なくとも彼等が一揆ば起したそげん心情はわかる気がする」

頭をめぐらすと金色に起伏した丘のむこうに雄大な雲仙の山がそびえていた。羊の毛のようにやわらかな巻雲《けんうん》がその山頂のあたりをゆっくり流れていた。西の議論に泰子はほとんど注意を払っていなかったが、それはずっと後になって思いだす日がくるのである。

午後一時頃、島原の彼の家についた。古い城下町の島原は水が豊富でどこからも清《せい》冽《れつ》な水の音が聞こえてくるようだった。

文房具店をやっている彼の兄夫婦は二人の娘たちを人のよさそうな笑顔でむかえ、玄関でつめたい氷水を早速、飲ましてくれた時は生きかえったような気持がした。

あらかじめ電話がかけてあったと見え、海風の吹きこむ窓という窓をあけ放した二階の部屋に西の高校時代の友だちである星野という青年が待っていた。小肥《こぶと》りのニコニコと笑う男だった。

星野は大学には進まず、長崎港の倉庫会社を経営している伯父の下で働いていると言った。たまたまトシと同じ知り合いがいたことがわかって、泰子が西と話している間、人なつこいトシはすぐこの星野と仲良くなっていた。

「ばってん、ぼくも四日ほどしたら、また長崎に戻るですよ。なんなら、会社のほうに電話をかけてください」

星野は自分の名刺を泰子とトシとに渡して三人が、雲仙を越えて長崎に戻るため、ふたたび車に乗りこむ時までつき合ってくれた。

「夏休みじゃなあ」

車がスタートして白い島原城を背後に見ながら雲仙のドライヴ・ウエイに向った時、西はまたそう言って笑った。

この小旅行のあと泰子と西とは今までよりもずっと仲良くなった。泰子は西の男らしい、飾りっけのない性格が好きになったし、西は西で泰子の清潔さや頭のよさに好感を持ってくれているようだった。英語劇のメンバーにもいつの間にか同じような仲よしのカップルが出来たようで、前には稽古が終るとN大の学生はN大で、浩水短大の女子学生は女子学生で帰っていたものが、この夏休み、いつの間にか、それらのカップルが別々に思案橋の角で別れるようになった。雨宮先生はそうしたカップルを好意ある微笑で見ているようで、別に口をはさまなかった。

ある日、いつもの稽古のあと、西と泰子がつれだって浜ノ町にある大きな本屋に入った。泰子がサムセット・モームの小説をさがしている間、西は別の書棚を歩きまわっていた。

「何の本ば買うたと」

と彼女が彼にたずねると西は本屋の渡した紙袋のなかから「メキシコ革命の記録」というゲバラの本を出して泰子にみせた。

「そげん本ば西さん、好き?」

「わからんけど、心情的に合うような気がする。そいで買うたとさ」

「そう? あたし……政治なんて……あまり興味ないけど」

本屋を出ようとした時、さっき「銀嶺」で別れたばかりの一組のカップルに出合った。泰子の上級生の向坊陽子とN大の田崎とだった。

「なんだ」

と田崎は西を見て笑った。

「お前が本屋をのぞくとは珍しか。気でも狂うたか」

四人はつれだって浜ノ町のアーケードを歩いた。浜ノ町をつきぬけて坂道をのぼるとグランド・ホテルがある。ホテルの庭が夏の間、ビヤ・ガーデンになっているので、そこでビールを飲もうという話になったのである。

水をまいたホテルの芝生は涼しげで、ボンボリに灯がともり彼等と同じような若者やサラリーマンたちがジョッキを白い卓子《テーブル》において夏の夕方を涼んでいた。

向坊陽子も田崎も英語劇の練習の時、抜群に発音が奇麗だった。どちらかといえば日本的な美人である陽子が英語に巧みなので彼女は皆の注目をあびていた。田崎はいかにも秀才らしい秀才でその二人が仲のいいカップルになったのも当然のように泰子には思われた。

「あなた、英語劇始めてでしょ」

陽子は下級生の泰子に姉のように教えた。

「去年、あたし、出してもろうたけど、当日がくると楽屋ですっかり、あがったわ。でも舞台に出ればプロンプターの誰かが小声で台詞《せりふ》の出だしを教えてくれるから大丈夫よ」

泰子と陽子とが話している間、田崎と西とは急に何か議論をはじめていた。革命とか、反体制という男の学生らしい言葉がその会話のなかにまじって、娘たちは黙って聞いているより仕方がなかった。

「N大の人、いつも左翼的な話ばかりするんですか」

と泰子が途中でとがめるように口をはさむと、

「ごめん」と田崎は笑って「女の子の前でこげん話、禁物だと忘れとった。恋愛論のほうがよか」

と言って話をはぐらかせたが彼女には二人が何かをかくしているように思われた。

二人とホテルの前で別れた時、西は、

「あの二人、ぼくの勘では友だち以上になっとるね」

と呟《つぶや》いた。

「友だち以上って?」

と泰子がたずねると、

「恋人まではいかんが、恋人に近い線まで進んどると思うよ」

その言葉は泰子の顔を急に赤らめさせた。なぜか理由はわからない。ひょっとするとその言葉で彼女は西と自分との間柄を連想したのかもしれない。

もちろん泰子にとって西は友だち以上の何ものでもなかった。しかし彼女がほかのN大の男子学生よりも親しみと好意を感じているのは西にちがいなかった。もし西がある日、彼女に、

「ぼくは君のこと、好きだ」

と言ってくれたら、泰子は素直にその言葉を受け入れられるような気がした。

その日、彼女は家に戻ると、二階の自分の部屋でそっと母親の手紙を引出しから出して読みかえした。自分の心を母が「勝之さん」に抱いた感情のなかに読みとろうとしたのである。

大学一年の最初の夏休みはあっけないほど早く終った。残暑はまだきびしく、校庭の大きな楠の木にはツクツク法師が懸命な鳴声をあげている。

授業も授業だったが泰子たちはそれよりも英会話劇の準備で夢中だった。台詞の暗誦は終り、そのかわり立稽古《げいこ》がはじまったからである。雨宮先生は学生芝居だと思わず、どんな新劇の俳優さんたちにも負けないつもりでおやりなさいと言って、演出にもなかなか、細かな注文を出した。

衣裳《いしょう》の支度は浩水女子大の女子学生が、大道具小道具はN大の学生が探してくることになった。ポスターも自分たちの手でつくって「銀嶺」は勿論《もちろん》のこと「タナカヤ」さんや「富士男」のような若い男女の集りそうな店にはみな出してもらった。

水谷トシにも手伝ってもらって、あの「虎寿司《ずし》」にポスターを持っていくと、あの若主人が快く引きうけてくれて、

「その代りと言うては何ですが、あなたたち、今年の冬にやるぼくらの公演に来てくれんですか」

と笑いながら言った。

「公演って、何の公演ですか」

そうたずねると、

「困るなあ。ぼくは声楽を勉強しとること、あんたら知っとらすとでしょう」

二人が出席を約束すると、若主人は自分でつくったカラスミとお酒とを出してくれた。手製のカラスミを薄く切り、そのカラスミのなかにこれも薄く切った大蒜《にんにく》をはさんで食べさせてくれたのである。泰子はお酒は飲めなかったが、トシはこのカラスミをとてもおいしい、と言って銚子《ちょうし》二本を自分であけてしまった。

店を出るとトシの顔は真赤になっている。二人は鵠台寺という近くの寺の石段に腰をかけてトシの酔いがさめるのを待った。

「ねえ。わたしねえ」

ハンカチで顔の汗をふきながらトシは、

「泰子にだけわたしの秘密ばうちあけるね」

と言った。

「わたしねえ、やっぱり、言うとは、やめとこかしらん」

「なんよ。今更」

と怒ったまねをすると、

「誰にも言わんと約束ばしてくれる」

「言わん。あんた、水くさか人ね」

「あのね、憶《おぼ》えとるやろ。星野さんという人」

星野、星野と口のなかでその名前をつぶやいて、泰子はやっとその男が夏休みに島原の西宗弘の家で紹介された青年であることを思いだした。たしか長崎の倉庫会社に勤めているという小肥りのよく笑う人だった。

「あの人と、わたし、時々、長崎で会うてるとよ」

「ほんと。それで」

「うち、恋したらしか」

両手で火照《ほて》った頬をはさんでトシは大きな溜息《ためいき》をついた。

「泰子にはわからんやろけど、恋って苦しかもんよ」

「それで……」

泰子は意外なことにびっくりして、

「星野さんもあんたのこと好いとるとね?」

「うん」

「あんたたち、結婚すると」

「そげんこと、まだ決めとらん。でも、ひょっとすると星野さん、来年、神戸に転勤になるかもしれんとさね。それで、わたし、今、悩んどるとよ」

「そう……」

泰子は自分の胸までドキドキするのを感じた。もちろん星野のような小肥りの青年は彼女の趣味ではなかった。しかし親友のトシが彼に恋をしたと言うなら、二人がうまく恋愛してくれることを願わずにはいられない。

「わたし……」

と突然、ポツリとトシは呟いた。

「ひょっとすると、学校やめるかもしれんとよ」

「まあ、なぜ」

「星野さんが神戸に行くとやったら、わたしも神戸に行って勤めようかと思うとよ」

「そんな……」

泰子は今まで自分の知っていたトシとは別のトシが眼の前に坐《すわ》っているような気が

した。まだ子供っぽいと思っていたこの友人のなかにこのように烈《はげ》しい情熱がかくれているとは夢にも思わなかったからである。

「お父さんに話した？」

「まだ」

とトシは眼をつむって苦しそうに首をふった。

「でもそげんこと問題じゃなか」

「なぜ」

「神戸に行くと言うたら、うちの父さん、承知する筈《はず》はなかですもん」

「承知しなければ？」

「黙って、行く」

突然、泰子はトシと星野とが既に自分の知らぬ世界に行っているような気がした。

一緒に高校時代に机をならべたトシがもう男の口づけの味を知っているのだろうか。

泰子が胸のときめきと同時に不安を感じるあの一線を越えたのだろうか。

「あんた、星野さんと……」

トシは眼をあけて泰子の言おうとすることに気づき、おかしそうに笑いながら、

「馬鹿《ばか》ね、泰子。わたしたち、そげんことしとらんとよ、でももし星野さんがほしい

と言うなら……わたし……後悔せんと思うよ」

ハンカチで汗をふいてトシは帰りましょう、と泰子を促した。バスの停留所でもバスのなかでも彼女はもうその話に二度とふれなかった。いつものように、とりとめもない話題やテレビの話をしゃべっている。だが泰子にはトシが急に自分より年上の女になったように思えた。


公演の日が遂にやってきた。泰子たちは四時間前に楽屋入りをして衣裳や、小道具を調べた。

装置は勿論、単純なものだが、それでもN大の学生たちが応援の友人たちと昼すぎから準備にとりかかっていた。舞台稽古がはじまると雨宮先生は首に笛をつけて客席に助手の学生たちとすわり、みんなにダメを入れた。

客席はガランとしているのに、あと二時間でここで本当の舞台が開始されるのか、と思うと泰子は胸が太鼓のように打つのを感じる。あれほど憶えこんだ台詞も何回もトチリ、泣きそうになっていると、

「大丈夫よ」

しょげている彼女の横に来て上級生の向坊陽子が励ましてくれた。

「あがるのは舞台稽古のほうよ。本番になれば落ちつくわよ」

「そうでしょうか。でも、こげん心臓のドキドキするとですよ」

「あとでいい薬ばあげるわ」

彼女は楽屋で陽子たち上級生に手伝ってもらって化粧をした。生れてはじめてアイシャドウをつけた。

「あまり、見ばえのよか男じゃないの」

廊下で西の声がした。野良着《のらぎ》をきた頭の弱い百姓になった西の恰好《かっこう》はみんなの笑いを誘った。

「美しか」

廊下で二人になった時、西は化粧して武士の娘になった泰子にそっと声をかけた。

「そげん美しかと、惚《ほ》れてしまうな」

「じゃあ、いつもは、きたなか?」

泰子は眼をひからせ、かるく西を睨《にら》んだ。その時、開幕三十分前を知らせるベルがなった。

「お客さまは満員よ」

雨宮先生が嬉《うれ》しそうな表情で楽屋に知らせに来た。

「二階はもうギッシリだわ」

「ほんとですか。先生」

「嘘《うそ》と思うなら、上手《かみて》からのぞいてごらんなさい」

まもなくN大の学生たちも戻ってきて、

「驚いた。こげんにぼくらの芝居人気のあるとは知らんかったぞ」

と叫びながら友だちと肩を叩《たた》きあっている。そしてベルが長く、鈍くなった。

出番がきた時、上手で震えている泰子の肩を雨宮先生がポンと叩いて、

「しっかり」

と励ましてくださった。それを合図に泰子は舞台をしっかりとした足どりで出ていった。客席を埋めたたくさんの顔がこちらを向いている。ライトがまぶしい。

「泰子。がんばってね」

そのたくさんの顔のなかから突然一つの声が聞えた。その声がトシのものであることはすぐわかった。たくさんの顔のなかには父も婆《ばあ》やもまじっている筈である。「銀嶺」の社長さんも「虎寿司」の若主人もいる筈だった。

舞台の真中では奉行所の奉行になった田崎と奉行の妻の役をする陽子が彼女を待っていた。二人は彼女をいたわるように、うなずき、ゆっくりと台詞をしゃべってくれ

た。

「大丈夫よ」

客にはわからぬように陽子が力づけてくれるまで自分でも何をしゃべっているのか無我夢中だった。

一幕が終るとさすがに泰子もさっきよりは冷静になっていた。一、二度、台詞をとちったが、たくみにそれを誤魔化すこともできた。自分の出番がそれで終ると今度は西のことが心配になった。西は三幕目に出るからである。

心配していた通り、舞台にあらわれた彼はすっかりあがって台詞を忘れていた。物かげにかくれていたプロンプターが小声でその言葉を教えると、聞きとれぬらしく、

「え?」

と問いかえした彼に客席から笑声と拍手とが起った。

「落ちつけ」

「がんばれ」

客席から西の友人らしい連中のかけ声がひびくと、ますます西は舞台の中央で立往生し、最後には頭をかいた。

それでも最後の幕がおりた時、万雷の拍手がホールにひびいた。

「成功だったわ」

雨宮先生は皆の肩をたたきながらニコニコとして、しょげている西にも、

「あれでいいのよ、お客さま、大悦《よろこ》びだったじゃないの」

とやさしい声をかけた。

楽屋に戻ると、トシが姿をみせて、

「泰子、うまかったよ」

とお世辞を言ってから、

「星野さんが廊下に来とるから、声ばかけてくれん」

と笑った。

廊下には、なるほど、見おぼえのあるあの小肥《こぶと》りの青年が西と一緒に立っていた。西はまだトシとこの友人との恋愛について何も知らぬらしく、

「なあ、このあと、出演者のパーティが銀嶺であるばってん、お前も水谷さんと出てくれんか」

と誘っていた。

「銀嶺」での打あげパーティでその二人が並んでいる姿を見ると、泰子は学校をやめて神戸に行くと言ったトシの言葉を思いだして不安にかられた。しかしトシは泰子が

たとえ止めても自らの人生をこれから歩いていくにちがいないのだ。

隅のほうでは田崎と向坊陽子とがしきりに何かを話していた。

「なあ、早良さん」

と西が紙コップにビール瓶《びん》を持ってそばに寄ってくると、

「折角、君に発音ば教えてもろうたとに、肝心の舞台でトチって、ごめんよ」

とあやまった。

「いいとよ。あのほうが西さんのごたるもん」

「そげん言うてくれると助かるけど。早良さん。これからも、ぼくと交際してくださ い」

「もちろんよ」

西と交際して、これから自分たち二人はどうなるのだろう、と泰子はふと思った。このまま、たんなる学生時代の親しい友人として終るだろうか。それとも、もっと友情が発展して恋愛感情に変り、恋人になるだろうか。

彼女は西のついでくれたビールを口にあてたが、一口、飲んだだけでやめた。

「来年もまた、出てくれる。この英語劇に」

と雨宮先生が帰りがけに泰子をよびとめた。

「でないと、困るのよ。今度、出てくれた上級生たちはもう来年はいないでしょう。たとえば向坊さんが欠けるだけでも大痛手だわ」

「ええ。できたら、出させて頂きます」

そう答えたが、その時、来年のこの集りにはひょっとすると、あのトシも来ないかもしれないし、もちろん向坊陽子の姿もないのだという事実が胸に浮かんできた。

(みんな、それぞれの人生を歩むのだわ)

理屈ではわかっていても、それは寂しかった。彼女は母の手紙を考え、そのなかに幾度か繰りかえされていた「美しいものが失われた毎日」という言葉をなぜか、心のなかで嚙《か》みしめた。

水谷トシの手記

このノートを私は誰にも見せたくない。見せるとすれば泰子のほか考えられないけれど、彼女にも見せる勇気は私にないような気がする。

それならなぜ、こんなことを書きはじめたのかしら。私には理由ははっきりわかっている。

星野さんの本当の気持が時々、つかめなくなるからだ。

本当にあの人は私を愛してくれているのだろうか。それとも彼にとって私を抱いたりするのは遊びだけなのだろうか。

本当の彼の気持を知りたい、とこの頃、切に私は考えてしまう。

星野さんにはじめて会ったのは、西さんや泰子と島原半島にドライヴに出かけた時だった。

ドライヴは楽しかった。暑かったけれども空は晴れて、海は真青で浜は白かった。小浜から加津佐、口之津を経て原城を見物してから島原の西さんの家によった。私が彼の友だちの星野さんに紹介されたのは風通しのいい二階の部屋だった。

泰子と西さんと、私と星野さんとがいつの間にかわかれてしゃべった。

星野さんは長崎の倉庫会社に勤めているといった。たまたま、その倉庫会社に、うちの近所の人が勤務していたので、その人の名を口にすると、

「え？　彼なら、ぼくの飲み友達です」

と星野さんは言った。

たったその一言が私と星野さんとを急に接近させてしまった。

「今度、長崎で彼と三人でお酒でも飲みに行かんですか」

「いいわ」

と私は何気なくうなずいた。

うなずいてそのまま私はそんなことは気にもとめなかったが、彼は私に電話番号と住所とを教えてくれと言った。

今、考えると、それが星野さんの手だったのかも知れない。

御馳走《ごちそう》になって西さんの車にふたたび乗ろうとした時、彼はほかの人に聞えないようにこう言ったからだ。

「三人でお酒ば飲むこと、彼等には言わんでくれんね。ぼくらの秘密だもんね」

「ええ」

にっこりとして私はうなずいた、そして島原から長崎に戻る間、西さんにも泰子にも黙っていた。

なぜ私は黙っていたのだろう。おそらくそれは、私はいつも泰子に劣等感を抱きつづけていたからではないかしら。泰子は中学校の時から友だちだったし、今も一緒に遊んでいる間だけれども、私は彼女にコンプレックスを持ちつづけていた。顔だちでも、頭の良さでも泰子は私よりずっと優れている。一緒に長崎の浜ノ町を歩いていても、私はいつの間にか彼女のお供のようになってしまう。そんな彼女に星野さんが心ひかれず、私だけを誘ってくれたのが、正直いって嬉しかったのだ。

「ぼくらの秘密だもんね」

星野さんのその言葉は長崎に戻る間私の耳にはっきり残っていた。たったその一言で彼は私と泰子との、それまでの、あけすけな友情にナイフを入れたのだ。

長崎に戻って二日目の夜、期待していた電話があった。

「星野です」

と彼の声が聞えた時、私は胸さえドキドキとした。

「約束ば憶《おぼ》えとられますか」

「はい」

「それじゃ、明日、銅座町《どうざまち》の蘭《らん》という店で待っとります。退社時間が五時です。そいけん五時半には向うに行っとります」

翌日、学校が終って一緒に帰るため、校門で私を待っている泰子に私は嘘をついた。

「泰子。先に帰って。私、うちで買物ばたのまれたとよ」

泰子は自分も一緒につきあうと言ってくれた。が首をふって買物のあと知りあいの人の家に届けものをするからと断った。泰子をこんな風にだましたのも、はじめての経験だった。

銅座町の蘭というスナックはすぐわかった。五時半までの時間をつぶすため、私は一人でデパートをのぞき、誰かに見つからぬかと心配でならなかった。

「星野さんだけ?」

約束はたしか三人で飲むと言うことになっていたが、スナックの椅子《いす》に腰かけているのは彼一人だった。

「うん。ぼく一人だけ」

そう言って星野さんは平気な顔をしてうなずいた。

私は彼がはじめからその予定だったことがすぐわかった。いや、昨日、電話をもらった時から彼が一人で来るにちがいないと感じていたし、それを心ひそかに期待していたのかもしれない。

「最後のバスは何時?」

と彼は私がそばに腰をおろすと訊《たず》ねた。

「十時半」

「ばってん、あと、四時間半ある。お酒、好きですか」

「好きだけど、たくさんは飲みきらんとです」

「こげん、よかもんば飲めんとは哀《かな》しか」

バーテンがつくる水割りを私はあの夜、何杯飲んだろう。アルコールが体をまわり、頭を少し痺《しび》れさせ、とてもいい気持になった時、私は急に自分は悪い娘だと思った。父や泰子がこの私の姿を見たら、どう言うだろう。

(でも、何も悪かことしとらん。星野さんと私は友だちよ)

そう自分に言いきかせると気が楽になり、幸福な酔い心地にひたることができた。とりとめもない話を続けた。星野さんは時々、出張で神戸に行くことがあると言った。

「神戸、知っとる？」

「いいえ」

「よか街だ。長崎と同じように前に海、裏が山になっとるけど長崎とちごうて遊ぶところの多かよ」

「遊ぶところって？」

彼はバーテンに眼くばせをして一緒に声を出して笑った。その意味のわかった私が思わず顔をあからめると、

「君は煙草《たばこ》も喫《す》わんとか」

フィルターのついた外国煙草を一本、わたして喫えと言った。

「口でふかすだけにしとかんね。そうじゃなかと、頭のクラクラするけんね」

煙草をふかし水割りのコップを唇にあてていると自分がひどく大人になったような気がする。

その日は蘭で十時まで遊び、十時半のバスにやっと間にあった。星野さんはタクシーで長崎駅前のバスの発着所まで送ってくれた。タクシーを私が降りようとした時、彼は私の手を握って、

「今度、いつ、会ってくれる」

「いつでも」

私は彼の顔をじっと見ながら、

「電話かけてね」

バスのなかで私はバッグのなかから煙草のすいがらをそっと出して掌《てのひら》にのせた。それはさっき私が喫った煙草ではなく、星野さんが灰皿にすてた彼のすいがらだった。

泰子には黙っていた。女の友情なんて何ともろいものだろう。長い間、親友として

交際してきた泰子にこのことを黙っているのは心苦しかったが、それなのにある悦びもあるのだ。私は星野さんのことが好きになったのだろうか。好きでないならば、こんなふうに泰子に秘密を持つ筈《はず》がないと思った。

なぜ、私が星野さんに心惹《ひ》かれたのか、自分でもわからない。

小肥《こぶと》りな星野さんは決して美男子じゃない。どこにでもいる、ありきたりの顔なのだ。今まで私が思い描いていた理想の男性像から百歩も二百歩もかけ離れた人だと言ったほうがいい。

二度目のデートで星野さんが遊び好きだということが次第にわかってきた。蘭のバーテンと話をしながら、大村のモーター・ボートで幾らすったとか、幾ら儲《もう》けたとか言っていたからだ。

「一度、君を阪神の競馬に連れて行こ」

「競馬。私、知りません」

「それでもよかけん、ぼくの言うた馬券ば買いなさい。損ばさせんからね」

「星野さん、そんげん賭《か》けごとの好きですか」

するとバーテンが包丁を動かしながら笑った。今更、何を言う、と言ったような笑い方だった。

「好きは好きだね。馬でも自転車でもマージャンでも」「星野さんは」とバーテンが横から口を入れた。「小遣いの半分はマージャンでかせいどるもんね」

「馬鹿な」

星野さんはさすがに私の手前、恥ずかしかったのか首をふった。

その夜、少し早目に蘭を出た。最終のバスまでまだ時間があった。

「少し、歩こか」

と彼が言った時、私は素直にその言葉に従った。私だって星野さんと早く別れたくはなかったのだ。

タクシーに乗って私たちの学校の近く、大浦天主堂のそばでおりた。昼間はこのあたりは観光バスが次々と吐きだす修学旅行の高校生や新婚旅行の男女が群がっている。だがこんな時刻、その人たちはまるで地面に吸いこまれでもしたように見えなくなり、天主堂の建物が黒くうかびあがっていた。

天主堂の塀《へい》にそって石段を星野さんは登った。石段は長く、私が少し息を切らしていると、

「手ばかしなさい」

と自分の手を差しだしてくれた。

「もう少し上から、長崎港のよか夜景が見えるもんね」

石段をのぼりきると私たちはうしろをふりかえった。

長崎の港が眼下にひろがっている。真黒な山を背景に灯をつけたタンカーや貨物船がまるで舞踏会の夜のホテルのように港に浮かんでいた。

「きれかあ」

と私が思わず叫ぶと、

「そうやろが。この場所はあまり人の知らんとよ」

と彼はうなずいた。

長崎の夜景の美しさは風頭山《かざがしらやま》の頂きにたって見るといいと皆が言う。しかし港の夜景だけを見るならやはり彼の言う通りここかもしれない。

私はその時、自分と彼とがまだ手をつなぎあっているのが気になりだした。夜、誰もいないこんな場所で男の人と指と指とを絡《から》ませているなんて、はじめての経験だった。

嫌な気持ではなかった。嫌な気持ではなかったがしかし私は小鳥みたいに恥ずかしく臆病《おくびょう》な娘だった。その指を離そうとすると、星野さんは逆に力いっぱい私の掌を握った。

「帰りましょ」

と思わずうわずった声で言うと、彼は、

「なぜ。まだ最終バスが出るまで一時間ある」

「でも、いつも遅いと、うちの者に変に思われるとよ」

「そげんこと、気にすんなよ」

星野さんは急に手をつよく引張って、よろめいた私の体をだきしめた。

「イヤよ。ゆるして」

「イヤなことあるもんか。ぼくが君のこと、好いとると知っとっとやろうが」

私は眼をつぶって彼の柔らかな、湿った唇を受けた。それは生れてはじめてのキスだった。私が長い間憧《あこが》れていた、男の人とのキスだった。

港から汽笛がきこえた。その汽笛で我にかえり眼をあけると、大きな夜空にまたたく無数の星屑《ほしくず》がみえた。ほとんど眩暈《めまい》に似たものを感じながら、私は長い間、彼の腕にもたれていた。

「島原ではじめて会うた時から、君に惹かれとったよ」

「ほんと?」

「そうでなからんば、なんで、君ばこげんして誘うもんね」

　私は彼の言葉を素直に信じようとした。

「ね、ぼくは君がほしか」

　彼は手をのばし私の胸にふれようとする。

「イヤ。こんなところではイヤ」

「そいじゃあ、ちゃんとした場所なら許してくれるっとか」

　私は返事をしなかった。かるがるしく体を許すような娘たちの一人に思われたくなかった。彼が私たちのこの雰囲気《ふんいき》にセクスをまじえてきたのが少し嫌だったのだ。

「帰る」

　いつまでも返事しないでいると星野さんは怒ったように私から突然離れて石段をおりはじめた。哀しい気持で私は彼のうしろからついていった。タクシーのなかでも彼は無言で、やっとバス・ターミナルの建物前で私をおろした時、

「君が、ぼくのこと好いとらんと、よう、わかったよ」

「そんな……」

　こちらの弁解もきかず、そのまま運転手に命じ、車を走らせてしまった。屑紙のようにとり残された私は彼の怒りがまだそこらにたちこめているように思え、もう二度

と彼が会ってくれないのではないかと急に心配になった。

（もし、そうなったら、どうしよう）

長崎から町まで戻るバスのなかでも、ひっそり寝しずまった家の勝手口から自分の部屋に忍び入ったあとも、私はそのことばかりが不安だった。寝床のなかで彼を失った自分の姿ばかり考えおろおろとした。

今、思うとそれは星野さんのテクニックだったのかもしれない。一度、恋をしはじめた娘がどんなに弱気になるかを彼はよく知っていて、それをわざと利用したのかもしれない。

もしそうでないにせよ、星野さんは娘の心をゆさぶる方法を知っていたような気がする。わざと怒ったふりをすれば私が不安になり、余計に彼に執着するのをちゃんと考えていたのだろう。あの時の私はその計算にみすみす、乗ってしまったのだ。

翌日、たまりかねて彼の会社に電話をかけると、

「ちょっとお待ちください」

交換台の女の子はそう言ってから、しばらくして、

「あの……」

と困ったように答えた。

「外出しています」

「何時頃、戻られるとでしょうか」

「さあ、わかりません」

受話器に聞えるその困ったような声の調子で私は彼女が星野さんからいないと言えと命じられたとわかった。

夕方までもう落ちつかなかった。栄養学の勉強をしようと思って、大きなノートに食品カロリーの表をつくったが、書いているだけでその数字も目に入らない。

夕方、もう一度、星野さんに連絡をしてみた。さっきの女の子がふたたび受話器の向うで、

「外出なんですけど」

今度は憐《あわ》れむような声をだした。自分の頭に血が逆流するような気持で電話を切った。

二日たった。三日たった。彼からは電話もかかってこない。手紙もこない。私といえば何も手につかぬぐらいオロオロとした気持で毎日をすごした。

五日目、たまりかねて長崎に夕方出かけて、蘭《らん》に寄ってみた。

彼の姿は見えず、バーテンの人が一人、何かを洗っていて、

「おや、一人」

私は仕方なく椅子《いす》に腰をかけジュースを注文した。

「ジュースですか。今日はお酒ば飲まんとですかね」

「ええ」

それから、何気ない調子を装《よそお》って、

「星野さん、昨日、来ましたか」

「星野さん。昨日は来とりませんよ。一昨日、女の子ばつれて来たけどね」

顔が蒼《あお》ざめるのを感じた。それを誤魔化すために急いで飲みたくもないジュースのストローに口をつけた。

自分が彼から棄《す》てられた、と言うことがこれではっきりとわかった。それにしても彼がこの店に別の女の子ともう姿をあらわしたと聞いて、口惜《くや》しさと悲しさと怒りとのまじった言いようのない気持で、私は椅子から立ちあがった。

「もう、帰るとですか」

バーテンはびっくりしたように、

「星野さんに何か言伝《ことづて》でもあったら……」

「ありません」

店を飛びだすと強い夏の西日が銅座町の細い路《みち》に照りつけていた。猫が一匹、ゴミ溜《ため》の上でないていた。時刻が早いためか、誰もその細い路を歩いていなかった。

（結局、あげん人やった。プレイ・ボーイのつまらん男とやっと、わかったばい）

私は自分で自分に言いきかせようとした。しかし、いくら彼を軽蔑《けいべつ》しても、心の傷は治らぬことも知っていた。

その夜のことだった。父母や弟たちは茶の間でテレビを見ていて、私が一人、自分の部屋で暗い顔をして坐《すわ》っていると、電話のベルがなった。

「姉ちゃん。電話ぞ」

弟の進の声で私は泰子から、何か用事でもあって連絡してきたのかと思い、電話口に出た。

星野さんだった。もしもしという彼の声に私が石のように黙っていると、

「なに怒っとるとね。この三日間、すごく忙しゅうて……ひょっとすると来年ぐらい神戸に転勤になるかもしれんから」

「わたし、今日、蘭に行きました、そしてバーテンさんに聞きました」

「聞いたって、何ば聞いたとね？」

「一昨日、女の人とあの店に行ったとでしょ。星野さんは」

「行ったよ。福岡から一番下の従妹《いとこ》が来たとさね。スナックにつれていけ、とせがまれて、連れていったよ」

「従妹？」

「ぼくの叔母さんの末っ子だ。なんぞ悪かったかね」

女って何と弱いものだろう。星野さんの言葉がどこまで本当かまた半ば疑いながら、怒りはもう消えていた。星野さんを失いたくないという焦燥《あせり》が私を盲にしていた。

「知らんやったもんだから。ごめんなさい」

「いや、ぼくも君に連絡ば、せんかったのが悪かったとね。今度、いつ会える？」

「いつでも」

私の声はもう悦《よろこ》びではずんでいた。そして自分で自分がだらしないと思った。

「そんなら、明後日。蘭で」

「蘭はいや」

「なぜ」

「わたし、見っともなかったとです。今日、あの店で。カッとなって」

「そうね」

と彼は少し考えて、

「風頭山の矢太楼《やたろう》のロビーで待っとりなさい。知っとるやろ」

「ええ」

受話器をおいて私は思わず幸福な笑いが頰にうかぶのを、どうしようもなかった。ふり向くと進が妙な顔をして立っているので、

「あっちに、行かんね」

「今の電話、姉ちゃんのボーイ・フレンドか。はア」

「勉強のあるとやろ。人の電話、たち聞きするもんじゃなかとよ」

翌日、私はみんなに優しく、機嫌のいい娘だった。我ながら現金だと思ったがどうしようもなかった。

泰子は相変らず芝居の稽古《けいこ》に熱中している。彼女は私と星野さんとの関係について何も知らない。私をむかしと同じようにテレビや映画スターの大好きだった友人としか考えていないのだ。そんな泰子に私は本当の今の自分をかくしているのが辛《つら》かった。いつか、うちあけようと思った。

さいわい、その日は泰子と長崎に出かける日だった。彼女といつものようにウインドー・ショッピングをして、「銀嶺」で彼女が稽古をしている間、私は階下のテーブ

ルで週刊誌を読んで待っていた。

稽古が終ったあと、泰子は芝居のポスターの束をかかえ、それを色々な店にはるから一緒に行ってと言った。

いつかの「虎寿司《ずし》」の店で若い御主人が心よく引きうけてくれ、お酒を飲ませてくれた。泰子よりもむしろ私のほうが二本もあけてしまった。びっくりした泰子は、

「何時《いつ》からあんた、そげんお酒がつようなったと」

星野さんと交際してから、と言いかけて黙った。酔いをさますため、鵠台寺の石段で腰かけていた時、はじめて私は彼のことをうちあけた。

「彼はひょっとすると神戸の事務所に転勤になるかもしれんとよ。そしたら私は学校やめて、神戸に行くかもしれん」

酔いの力にまかせて、私は彼女にそんなことまで言ってしまった。昨日の電話で星野さんがひょっとすると来年、神戸に転勤になるだろうと言った言葉を思いだしたのだ。

学校を捨てても彼と神戸に行くという空想は私をかえって楽しくさせていた。人の口のうるさい長崎を離れ、二人っきりで大きな都会に住む。それはまるで私の彼にたいする情熱の烈《はげ》しさのように思われたのだ。

（泰子。あなたは賢いばってん、私みたいな真似《まね》ばできんとでしょ）

私は彼女にそう言ってやりたかった。中学の時から私よりよく勉強ができ、本も読み、何でも一歩、先にいた泰子に勝てるとしたら、それはこのことだった。泰子は決して限界をこえない。目茶苦茶はしない。そんな風に賢いのだ。

「親が許さんやったら、どんげんすると」

「許さんかったら、家ば、出るよ」

彼女は黙ってうつむいた。心のなかで私の無謀さを非難していたのか、それともそんな生き方をしようとする私を羨《うらや》んでいたのかどうかわからなかった。

「帰りましょう」

しばらくして彼女は石段から立ちあがった。酔いがさめた私はバスのなかで、もう二度と星野さんのことに触れなかった。

風頭山の矢太楼のテラスで星野さんを待っていた。

そのテラスからは夕暮の長崎の街が見おろせた。夏の夕暮の街の騒音がもの悲しい人間の声のようにここまで聞えてくる。夕陽に照らされた市街の向うに長崎湾が扇子のような形で拡《ひろ》がり、風がないので湾もそこに浮かぶ船も生気がなかった。

約束の時間が来ても彼はなかなか姿をみせなかった。西陽をあびて私は一人、ぽつんと彼が来るのを辛抱づよく待ちつづけた。

「ごめん、ごめん」

星野さんがやっとあらわれたのは六時頃で、顔の汗をふきふき、

「レンターカーば借りてきたけん、こげん遅れてしもうた」

「レンターカー？」

「そうさ。ドライヴに行かんね」

もちろん私は嬉《うれ》しかった。二人っきりで海ぞいを車で走らせればどんなに楽しいだろう。

「そうと決ったら、早う、ここを出よ」

彼は私をせきたてて矢太楼の駐車場に連れていった。そこには私の名の知らないスポーツ・カーがとめてあった。

「よか車やろ。西のボロ車とは格段の差と思わんね」

彼はこの車の性能を話してくれたが、私にはよくわからなかった。

風頭山の家と家とにはさまれた狭い、曲りくねった路を彼はかなりのスピードで車を走らせた。私が体をこわばらせると、

「腕に自信のあるけん、心配することはなか」

と言った。

ドライヴと言ったのに彼は海の方向ではなく、大村に向う国道をとった。彼が今から何処《どこ》に行くか、私にはわかっていた。それは海べりのドライヴではなく、私の知らない場所にちがいなかった。

大村のちかく、鈴田のあたりで彼は路を国道から左にとった。ホテルという三つの電気文字が森を背景にして浮かびあがっていた。

車をおりると、まわりの叢《くさむら》から虫の声がやかましく聞えてきた。彼は馴《な》れたように車のキイを指さきでクルクルとまわし、そのあとから、私は顔を伏せるようにして従《つ》いていった。

もし知っている人に出会ったらと、——そのことばかり気がかりで私は彼の背に自分をかくしながら玄関に入った。出てきた中年の女中が、私に視線を走らせて、

「御休憩ですか。お泊りですか」

「休憩」と彼は答えた。

「そんならお二人分の御料金とおはき物、おあずかりします」

なぜ二人の靴をあずかるのか、ふしぎだった。

長い廊下を歩いた。廊下の窓からさっきの黒い森がみえた。

部屋に入ると、畳のすえたイヤな臭いがした。中年の女は黙って風呂《ふろ》の湯をひねり、すぐ立ち去った。部屋の丸い卓袱台《ちゃぶだい》に湯を入れた魔法瓶《まほうびん》や茶の鑵《かん》や茶器がおいてあった。星野さんはネクタイをといて煙草《たばこ》をふかしながら、

「冷房の音のやかましか」

と照れくさそうに呟《つぶや》いた。部屋の隅にある古い冷房装置から歯を治療する医療機のような音がなり続けていた。

「さきに風呂に入らんね」

私は首をふった。星野さんは一人で浴室に行き、裸になりはじめた。すり硝子《ガラス》に彼がシャツをぬぐ影がうつっている。何とも言えぬ哀《かな》しさが胸にこみあげてきた。すり切れた冷房の音、すえた畳の臭い、その向うに華手《はで》な夏布団《ぶとん》が敷かれ水差しと電気スタンドが二つならんだ枕《まくら》のそばに置いてある。そんなわびしい、みじめな部屋で星野さんが浴室から出てくるのをじっと待っている私を泰子が見たら何と言うだろう。（よかとよ）と私は自分に言いきかせた。（みんな自分の責任よ。あなたに助けてもらおうとは思わんとよ）

湯ぶねから彼が出る水音がした。ふたたびすり硝子に体をふいている小肥《こぶと》りの星野

さんの姿がうつった。

「おい。入らんね」

彼は手ぬぐいで首をふきながら硝子戸をあけた。

「咽喉《のど》の乾いたな。ビールでもとろうか」

私はこんなところで入浴はしたくなかったが、ビールを持ってくるあの女中に顔を見られたくないため、洗面所に行った。

「寝巻はそこにおいてあるやろ」

と彼がうしろから声をかけた。

はじめてのこと。はじめての経験。それについては私は何も書きたくはない。私は夢中になっている星野さんをただ驚いて眺めていた。一緒になって酔うことができなかった。楽しさよりも痛みのほうが大きかった。ただ彼にあげるという気持だけで、されるままになっていた。

「暑か」

すべてが終った時、星野さんは腹ばいになってビールを飲んだ。それから、

「俺の神戸の転勤、どうも本決りのごたる」

と呟いた。

「そしたら、どげんする」

「一緒に」と私は彼の背に頰をあてて答えた。「神戸に行くもん」

人生の決意

一年生の学生生活は泰子には楽しく、充実して、あわただしく過ぎた。努力家の彼女は先生たちに可愛《かわい》がられたし、学友たちからも好かれた。特に雨宮先生は何かと目をかけてくれて、授業外にも色々と相談に乗ってくれた。

「次の英語劇には、あなたが頑張ってくれなければ困るのよ」

と先生は三学期になった時、彼女の肩をたたいて、

「向坊陽子さんも今年で卒業ですからね」

向坊陽子は去年の夏の英語劇の時、泰子が感心するくらい役を立派に演じた。そしてその後、彼女がN大の田崎と恋人同士になったということは学内の皆が知っていた。この上級生たちが卒業すれば、次に二年生になる泰子たちが頑張らねばならない。

卒業式の時、謝恩会のパーティがグランド・ホテルで開かれ、泰子たち下級生が受

付をした。

嬉しそうに晴着を着かざった卒業生が次々とホテルの坂になった玄関にあらわれる。そのなかに向坊陽子もまじっていた。和服を着た彼女は泰子の眼にはひどく美しく、華やかで、大人びてみえる。

「おきれいですわ」

と泰子が思わず叫ぶと、陽子はにっこり笑って、

「有難う。早良さんも元気でね」

「卒業されたら、何なさるとですか」

とたずねると、彼女はうなずいて、

「東京に行くの。わたし、スチュワーデスになるとよ」

「スチュワーデス？」

と泰子は思わず、

「わたしもなりたいと考えてました」

と言った。

「ほんと？　ほんとなら、また東京で一緒になれるわね」

陽子たちが宴会場に消えたあと、泰子は姉のようにみえる彼女に好意と羨望《せんぼう》を感じ

て受付の椅子《いす》に腰かけた。

スチュワーデスになりたいなんてなぜ口にしたのだろう、と彼女は少し可笑《おか》しかった。死んだ母が自分に残してくれた手紙のなかでスチュワーデスを志したと書いてあったのを憶《おぼ》えている。そのためか、あの手紙を読んだ時から、ずっとこの職業に憧《あこが》れを持っていたのである。しかし父だけを長崎において東京に出て飛行機に乗るのは空想ではあっても自分の現実にならぬような気がしていた。

（よか。向坊さんは）

N大の田崎のような人を恋人に持ち、自分はスチュワーデスになる向坊陽子が泰子にはひどくまぶしい先輩のように思えた。


新学期がまた来た。長崎は花で埋り港も海も暖かそうで、浜ノ町を歩く人々も春らしい服に着かえている。

学校で水谷トシの姿を見かけることが少くなった。中学や高校の時とちがって二人は科もちがうので一緒に学校に行くことがなくなった。顔をあわせるのは校庭か、廊下だった。

「あんた。どげんしたと」

心配になってある夜、電話をかけてみた。病気かと思ったが、トシは電話口に出てきた。

「学校にこの頃、行っとらんでしょ、探しても見つからんもん」

と泰子は口をとがらせて不平を言った。

「病気でもしとっとやろかと思うたとよ」

「うん。病気じゃなかよ。でも悩みごとのあるとよ」

瞬間、泰子の頭に星野という名がうかんだ。トシはあれ以来、決して星野のことを自分に話してくれなかったし、泰子も何か不安な気がして訊《たず》ねたことはない。なぜかわからないがトシが自分の見えない地点まで行っているのを知るのが泰子にはこわかったのである。

「悩みごと？」

「明日、話すね。四時、学校の帰り、校門で待っとってね」

星野との間がうまく行っていないような気がした。おそらくそのことで学校を休んでいるのだろう。自分が話を聞いたからと言ってどうにもなるわけではないが、うちあけるだけでトシは気分が楽になるのではないかと泰子は考えた。

翌日、約束通り、四時に校門でトシを待った。オランダ坂の中腹にあるこの校門からは古い木造の洋館の大きな屋根が見おろせ、その向うに長崎港が眼にうつる。周りの木々はようやく新芽を吹きだしたばかりで、なまあたたかな春の午後の風が泰子には心地よかった。

トシが足をひきずるように下の坂をのぼってきた。どうやら今日も授業にも出ていないようだった。

「どんげんしたと。顔色の悪か」

「そオ……」

彼女は少し寂しそうに笑って、

「話のできるとこに行こ」

と泰子を促した。

小さな喫茶店に入ると、人眼につかぬ隅の席をえらび、

「悩みごとって?」

と訊ねた。珈琲《コーヒー》のスプーンを手で弄《もてあそ》びながら、トシは急に、

「わたし、学校ばやめるよ」

と呟《つぶや》いた。

「やめる。何があったとね」

「神戸に行くと」

そう答えてトシはじっと泰子の顔を窺《うかが》うように見た。

平手で頬をたたかれたような衝撃を受けた泰子はあっと思わず叫んだ。珈琲茶碗《ちやわん》を持っていた手が震えるのを感じた。

「星野さん……と？」

と彼女はやっとそう訊ねた。

「ちがう。彼はもう神戸に行ったとよ。そいけん、わたし、一人で行くと」

「でも……あの人と住むとやろ」

「それはね、そげん風になると思うけど」

しばらく二人は黙っていた。小さな喫茶店のなかではボーイが一人、テレビをぼんやり見ていた。

「家の人に……黙って行くと」

「うん」

「でも……そんな」

「仕方なかやろ。うちでは星野さんのこと、好かんもん」

「なぜ」

「星野さん、三度ほど仕事ば変えとるもんね。父さんはそげん不真面目《ふまじめ》な男に娘ばやれんと言うとるの」

そういう男なら自分も決して好きになれないだろう、と泰子はむしろトシの父親に同感だった。彼女のような娘には根や芯《しん》のない男はどうしても好意が持てなかった。

「神戸、行くなら行くで、あと一年してからではいかんとね？　学校ば卒業してから」

「学校なんか、もう、どげんなったっちゃかまわん、わたしには。わたしは星野さんのほうば選ぶ」

トシは勝ちほこったように泰子を見た。友人の驚きをむしろ楽しんでいるようだった。

（泰子、あんたにはこげんことば、できんやろ。あんたのような女には、何もかも捨てて恋人のところに行く勇気はなかとでしょ）

トシの眼はまるでそう言っているようだったし、その眼を前にして泰子は言いようのない不安を感じた。

「ねえ、星野さんと一緒になって、幸福になれると思う」

彼女は喘《あえ》ぐような声でトシに訊ねた。

「わからん」

トシは首をふった。

「でも、わたしがおらんと、あの人、駄目になるごたっ気がするとよ。あの人には、わたしが必要かとよ」

「どうしても神戸に行く」

「うん」

泰子のまぶたに中学や高校の頃の水谷トシの姿が急に浮かんだ。学校の鞄《かばん》のなかにいつも芸能週刊誌やプロマイドを入れて歌手のゴシップや噂《うわさ》を得意そうに級友に教えていた少女。その少女が今、急に泰子の見知らぬ一人の女に変っている。泰子などがとてもたどりつけぬ世界に行こうとしている。

「わたしたち……」

と彼女は少し寂しそうに呟いた。

「結局は一人一人、別れてしまうとね」

「仕方なか。それが女だもん」

二人は喫茶店を出ていつものようにバスに乗って家に戻ったが、バスのなかでトシはもう星野や神戸に行くことに触れなかった。そんなトシを見ると、彼女の決心がどんなに堅いか泰子にはわかった。

「それで……」

バスを降りて別れる時、彼女は友だちに訊ねた。

「いつ、神戸に出発するとね」

「日は決めとらん。でもその日が来たら、あんただけに教えるけん。誰にも言うたら駄目よ」

その日まで泰子はどうしてよいのか、わからなかった。トシの家出を彼女の両親に告げるべきか、それとも黙っているべきか、考えたが結論は出なかった。結論が出ないうちにその日がやってきた。

雨がふって、五月にしては肌寒い日だった。泰子はトシを見送って大村の飛行場まで行った。タクシーのなかでトシは小さな旅行鞄を膝《ひざ》において、雨滴のながれる曇ったフロント硝子《ガラス》をじっと見ていた。

「手紙ばくれる」

「うん」

「お父さんにも出したほうがよかと思うけど……」

「出すよ」

大村の飛行場には、少しさむそうに乗客や見送人たちが待合所の椅子に坐っていた。

「あんた、学校ば休ませて、すまんね」

とトシはその人たちを不安そうに見ながらあやまった。

「かまわんとよ」

「泰子は学校ば休んだことなかでしょ、そげん性格だもんね」

アナウンスがあって椅子に坐《すわ》っていた客が一列にならんだ。雨にぬれた小さな飛行場に防水着を着た職員が傘を持って立ち、その向うに飛行機が客を待っていた。

「さよなら」

トシは無理矢理に微笑を頬につくった。そしてボーデング・カードを職員に渡してもう一度、

「さようなら」

と言った。

雨のなかをトシは乗客たちと歩いていく。すべての客が機内に消え、やがてエンジンの音がひびき、ゆっくりと飛行機が動き出すのを泰子はじっと見つめた。これでもう水谷トシには一生会えぬかもしれぬという思いが急に胸につきあげてきた。

あっけないほど早く飛行機は滑走路を走り、灰色の雲のなかに消えた。この時、は

じめて泰子は泣いた。
(みんな、それぞれ、生きていくんだわ)
飛行場を出て長崎に戻るバスを待ちながら泰子はトシのことや向坊陽子のことを考えた。あの二人はもう自分の今後を決めてしまった。しかし私はまだ何も決めてはいない、と……

この日から泰子は机の引出しに入れておいた母の手紙を繰りかえし読むようになった。はじめてこれを父からもらった十六歳の誕生日、まだよくわからなかった箇所が今の彼女にははっきり理解できるようになった。あの時まだ高校生の彼女にはこの手紙の母を自分の母親としてしか見ることができなかったが、今は一人の女として母を考えられる年頃にもなったからである。

母が娘の頃、好きだった恩智勝之という人に一度、会ってみたいと思った。そしてその勝之と母とが秘密の場所としていた仁川《にがわ》の渓流もいつかこの眼でみたかった。「美しいものと善《よ》いもの」とがすべて消え、失われた戦争の日々、母は懸命になってそれを求めていたのだ。その切ない気持が繰りかえしこの手紙を読むうちに泰子の胸にも伝わってくる。死んだ母の生き方と自分の生き方とは違うかもしれないが彼女はこの学生時代、その手紙に書かれた人や場所を見ておきたいと考えるようになった。神戸に行ったトシから葉書が二度来た。元気だから安心してほしいと書いたトシの字が昔と同じ金釘流《かなくぎりゅう》で、そのくせ文面があまりに簡単なのが、かえって不安だった。その灘《なだ》区篠原《しのはら》町という住所もアパートの名も泰子にはわびしい部屋で生きているトシの姿を思い起させた。

六月の梅雨がはじまった頃、去年と同じように雨宮先生が泰子を廊下で呼びとめて、

「早良さん。今年の英語劇、出てくれるんでしょう?」

とたずねた。

「はい」

と答えると、

「そうそう、忘れていたわ。向坊陽子さんから手紙が来ていたわ。あなたにくれぐれも宜しくって」

「あの方、飛行機で働いていらっしゃるとですか」

「飛行機?」

と雨宮先生は怪訝《けげん》な顔をして、

「ああ。彼女は事情があってスチュワーデスになるのはやめたそうよ。やめて今、浅

草の小さなプラスチック工場で事務員をしているのよ」

「向坊さんが、ですか」

「ええ。なぜか。わたしにもわからないけど……」

雨宮先生以上に泰子にはその理由がつかみかねた。あんなに語学ができ、美しい向坊陽子なら、たとえスチュワーデスになれなくても貿易会社でも秘書でも職場はいくらでも見つけられたろう、それをなぜ好んで小さな工場の事務をやっているのだろう。

その月の終り、去年と同じように「銀嶺」でN大の学生たちと最初の打ち合わせ会があった。向坊陽子や田崎のように卒業した人のかわりにあたらしい学生もいれば、去年で顔なじみになった人もまじっている。

なつかしげに泰子に近よってきたN大の学生に、

「田崎さんの消息ば知っとられますか」

とたずねると、その学生は一寸《ちよつと》、困った顔をして、

「少しぐらいは知っとることは、知っとるけど」

「何か、あったとですか」

「田崎さん、ちいと過激派に深入りして、警察に二度ほど摑《つか》まったと聞いたとです。ぼくもそれ以上、知らんとですよ」

「ほんとですか」

と彼女は眼を丸くしたが、次に本当は気になっていることをきいた。

「西さんはどこにおられるとでしょうか」

「さあ」

その学生は西宗弘の消息は知らなかった。ほかのN大の学生にたずねても首をかしげるだけだった。卒業後、西からは泰子に電話もかかってこなければ、手紙もこない。

(あれは恋だったろうか)

そうじゃない、と今、泰子は思う。あれは若い者同士の友情でそれ以上のものではない。彼とドライヴをしたり、会っている時は楽しかったが、それ以上の感情は泰子のなかには起きなかったのだから。

田崎が卒業後、過激派に入って警察に二度ほど引っ張られたということも泰子の気になった。いつか西宗弘や向坊陽子と浜ノ町の喫茶店でお茶を飲んだ時、田崎と西とが何やら声をひそめて学生活動の話をしていたのを聞いたことがあったからだ。

(田崎さんがそうだとすると……向坊陽子さんも……)

二人が恋人になったという噂は、昨年の英語劇が終ってから泰子の大学で評判になっていた。陽子がスチュワーデスにならず工場で働いているのはそれと何か関係があるのかもしれなかった。

（みんな、それぞれ、生きていくのだわ）

泰子はふと西の誘いでトシと島原半島に出かけた夏の日のことを思い浮かべた。あの日は空が雲ひとつなく晴れわたり、海も碧《あお》かった。それは若い三人にとって夏休みであり、翳《かげ》りのない青春の一日だった。

たった一年たった今日、トシは星野を追って神戸に行き、西宗弘はどこで何をしているのかわからない。あのドライヴの日、このようになろうと泰子は夢にも考えなかった。白い砂浜で三人、ねころびながら、すき通る海を眺め、波うちぎわで砂の城を作って遊んだ思い出はまだはっきり憶《おぼ》えている。

懸命に作った砂の城は波ですぐ崩される。トシと西とはそれでもその砂の城を作りつづけている。無駄だわ。そげんことしても、と泰子は笑いながら言ったのだ。

打ち合わせが終って「銀嶺」を出た時は既に夕暮だった。浜ノ町や思案橋の方角にそれぞれ帰っていくN大生や浩水女子学生のなかには田崎の姿も向坊陽子の姿もない。去年、西は泰子をあのバタバタと音をたてる車で送ってくれたものだが、その西の姿もない。泰子ははじめてそのことに気がついた。

と彼女はそんなある夜、食事のあと碁石を盤にならべている父親に話しかけた。雨が夜になっても降りつづいて庭では時々、鯉《こい》がはねる音が聞えるだけだった。

「父さん」

「父さんに話のあるとよ」

「また洋服のことか」

黒い石を指にはさみながら父親は頬に一寸だけ笑顔をつくり碁の本を覗《のぞ》きこんだ。

「ね、真面目《まじめ》に聞いて。泰子、学校を出たら就職してよかね?」

「就職? お前が? 何処《どこ》が雇うてくれるもんね。世の中は甘うなかぞ、就職したければうちの店で働きなさい」

父親はからかうように言ってから、

「そげんことをしておると、お嫁さんのもらい手もなくなるぞ」

「ねえ。わたし、東京に行きたかとやけど」

びっくりしたように父親は泰子を見つめた。娘がこの町や長崎から離れたがらないのを彼は前から知っていたからである。

「東京に行って何ばするとね」

「スチュワーデスの試験、受けようと思うと」

「スチュワーデス？」

「そうよ。わたし、英語ばこげん勉強したんだもん。その英語使うて自分の力ばためしてみたかと。そればやってから結婚でも何でもするよ」

「だが、英語ば使う仕事なら、いくらでもほかにあるやろ。それを何もスチュワーデスにわざわざなることはなか」

「母さんの手紙に……」

　と泰子はうつむいて答えた。

「母さんもスチュワーデスになろうと考えたとて」

　碁石を手に持ったまま父親はしばらく黙っていた。

「お父さんは、そのこと、知っとる？」

「知っとるよ。母さんが時々、冗談に話しとったから」

「そんなら、スチュワーデスの試験ば受けてよかでしょ。わたし、一度は自分で自分の力ばためしてみたかと」

　泰子は父親にうまく説明をしようとしたが言葉が出なかった。向坊陽子や水谷トシがそれぞれ自分たちの人生を歩きだしたように彼女も彼女なりの人生をはじめたい。それが泰子の本心だった。

「お前、この町や長崎ば離れんと言うておったやろが。それを今更、なして東京に行くと言うとね」

「この町や長崎は好きだわ。こげん静かで、きれか町はなかですもん。でもこのままここに生きとれば何かいかんような気がすると。あまりに好きだから、ここで眠ってしまうのがこわかとよ」

父親は煙草《たばこ》に火をつけて眉《まゆ》に皺《しわ》を寄せたまま考えこんでいた。彼としては娘がいつまでもここに住み、ここで自分と一緒に生活してくれることを望んでいた。

「ねえ、東京の大学にもしわたしが行っとったら——そう思えばよかやかね」

「我儘《わがまま》じゃね、泰子は。とにかく、父さんも考えておく。今すぐ、うんと言うわけにはいかんよ」

泰子はうなずいて茶の間を出た。そして二階の自分の部屋に戻ると机に頬杖《ほおづえ》をつき、大きな眼で電気スタンドの光を見つめていた。

美しいものと善いもの、それはこの人生の何処かにある、美しいものと善いもの。それを死んだ母親も烈《はげ》しい戦争の最中にも何処かに見つけようとしていた。

彼女は便箋《びんせん》を出して、トシに手紙を書きはじめた。

「しばらく御無沙汰《ごぶさた》しました。お元気ですか。今日、重大な報告をします。私はスチユワーデスになる決心を親爺殿《おやじどの》にうちあけたのです。

トシっぺもびっくりしたでしょう。トシっぺは私が学校を出たら、長崎のどこかの大きな店の息子さんか、三菱《みつびし》造船の優秀な社員と見合結婚をして、しずかに、落ちつくと思っていたでしょう。子供も三人ぐらい作り、そして、かなりスパルタ的なママになると考えていたでしょう。

そうは問屋がおろさない。本当言えば、私も前はそんな平凡だけれど静かな自分の人生を考えていました。

しかし、その気持がかくも百八十度、変ったのは、つくづく思うにトシっぺの責任であります。

トシっぺが家出をした日、雨が降っていましたね。大村の飛行場であなたがほかの人たちと濡《ぬ》れた飛行場を真直に飛行機に向っていったうしろ姿を見送りながら、私だって考えたんです。トシっぺはトシっぺにしかできない人生を歩きだしたと。それなのに私はまだ誰もができる生活しかしていないって。

あの時、トシっぺに負けた、と言う気がしました。それから憶えているでしょう。向坊陽子さんのこと。彼女もまた東京に行って自分の人生を作ろうとしていると知りました。

みんな、やっているのに私だけがとり残された気持です。だから私もやるウー。トシっぺならこの気持、わかってくださるでしょうね。

スチュワーデスの試験は十月、東京であるらしい。その帰り、神戸に寄ります。待っていてください」

この夏休みは例年以上に暑く、また小さな従兄妹《いとこ》たちが泰子の家に遊びにきて、その子供たちの世話で毎日を送った。宿題を見てやったり、茂木に海水浴に連れていってやったりで、泰子自身、あまり勉強はできなかった。

夕暮の茂木の港には一年前と同じように漁を終えた漁船がエンジンの音をたてながら戻ってくる。岸壁には漁師たちが箱をあげおろししている。その漁師たちのなかに泰子は西の姿を探して、何となく寂しい気がした。

(西さん、どうしているのかしら)

なぜ葉書の一枚もくれないのだろう。一緒に島原に遊びにいったことなど、もう忘れているのかしら。去年、この漁師たちにまじり日にやけた笑顔で話しかけてきた彼の歯の白さを泰子はまだはっきり憶えていた。

夏休みが終ると、やはり一年前と同じように「銀嶺」で英語劇の稽古《けいこ》がくりかえされた。

公会堂で開かれた劇は今年もまた満員で、泰子はロンドンで働いていて田舎の両親の家に戻ってきた娘の役をした。娘は都会の生活に疲れ果てていたにかかわらず、田舎での家で結局倖《しあわ》せが見つけられず、ふたたびロンドンに帰っていくのだ。その娘を演じながら泰子はなぜか長崎で育ったトシや向坊陽子や自分の人生がそこにあるような気がしてならなかった。

舞台に幕がおり波のような拍手がきこえた時、自分の学生生活がこれで完了したような寂しい気持に泰子はなる。

打ちあげのパーティのあと、泰子は雨宮先生を「虎寿司《ずし》」に誘った。先生に自分のこの寂しさをうちあけたかったからである。

「人生の意味？　そんなこと、私にだってわからないわ」

と雨宮先生はお寿司を口に入れながら言った。

「私、これでもアガサ・クリスチイの推理小説を昔から愛読しているの。そしてそのたび毎《ごと》に思うの。探偵が色々な失敗を重ねた揚句、本当の犯人を見つけるでしょう。あたしたちもこの人生では、人生の意味という犯人を見つける探偵みたいなもんじゃないかしら。最後の章をめくるまでわかりっこないんだわ」

「最後の章まで」

「そうだわ。もしあなたのような若い年齢で、人生の意味がもうわかっていたら、これ以上生きる必要もないんじゃないかしら。人生の意味がまだわからないからこそ、みんな手さぐりで生きていたんだし、生きる必要があるんじゃない？」

そうかも知れない、と泰子はうなずいた。

「先生。わたし、十月にスチュワーデスの試験ば受けるかもしれません」

「ほんと？　お父さまはお許しになったの」

「まだですけど……結局は許してくれると思います」

泰子はまだ父の承諾は得てなかったが、航空会社から試験要目の書類だけは取りよせていた。それによると学科試験は英語と常識問題でそれからスチュワーデスに必要な運動試験や健康のテストがあった。去年の合格率は七人に一人という烈しさだったから、泰子も楽観はしていなかった。

試験日が次第に近づいた日、彼女は父親にもう一度、考えをきいた。

「どうしてもその試験、受けたかね」

「ええ。わたし、自分ば一度試してみたかですもん」

「そげん風に思いつめとるなら、受ければよか」

と父親は静かに言った。

「そのかわり、落ちたらくよくよせずと、この町でうちの店ば手伝うんだな」

ええと泰子は微笑《ほほえ》んで父親の言う通りにしようと思った。

十月の秋晴れの日、父親に送ってもらって大村の飛行場から東京に向かった。送りにきた父親は娘が泊る東京の親類の家の土産物を渡し、

「向うについたら、すぐ連絡ばしなさいよ」

と言った。

その父親の視線を背中に感じながら他の乗客と全日空の機体まで歩いていった時、泰子はやはり雨の日に同じ飛行機に乗った水谷トシのことを思った。

飛行機が島原半島の上空をかすめた時ノー・スモーキング・サインが出た。うしろの席で泰子は愛想よく新聞をくばっている全日空のスチュワーデスを見ながら、自分もやがてあのような笑顔を作って機内を歩きまわるのかもしれないと可笑《おか》しかった。

観察していると彼女たちの仕事は想像以上に忙しかった。紅茶やジュースをくばったり、コール・ボタンを押した客のところに飛んでいったり、操縦室に電話で連絡をしたりしている。

「あなたのこと、知ってますわ」

と彼女たちの一人が泰子に話しかけた。

「去年、長崎の公会堂で英語劇、やったでしょう」

藤井という名札を胸につけた彼女も長崎で高校生活を送ったのだと言った。

「東京にいらっしゃるの?」

「ええ」

泰子はうなずいたが、自分がスチュワーデスの試験を受けにいくのだとは恥ずかしくて言えなかった。

飛行機は大阪で乗りかえねばならぬ。大阪からは大きなジェットが彼女を羽田まで運ぶのだ。

もし東京に行ったら、スチュワーデスの試験を受けるほか、もう一つのことをせねばならぬ。あの母の手紙に書いてあった勝之にできれば会いたかった。会って何をするというわけではないが、死んだ母親が娘の頃、慕わしく思った男性を見たいという好奇心が泰子の胸にあった。

それから東京からの帰り、神戸でおりてトシの顔を見たい。それから母と勝之とが秘密にしていた仁川の渓流をたずねよう、と彼女は大阪につくまで考えていた。

美しい場所

東京に着くと渋谷の南平台《なんぺいだい》にある叔母の家に行った。父の妹であるこの叔母は中学の時以来、会っていなかった。

「あれ、まア。こげん大きゅうなって」

と玄関で泰子を見た時、彼女はびっくりして長崎弁で声をあげた。

奥から従妹が走るように出てきた。東京の麻布《あざぶ》の高校生である。クリクリと丸い眼をして、

「いいなあ、羨《うらや》ましいなあ、スチュワーデスのあの恰好《かっこう》、素敵でしょ。泰子姉さんも赤いネッカチーフを首にまいて、バッグを肩にさげるのね」

と泰子がもう合格したように羨ましがった。

「あなたは駄目」と叔母が横からからかった。「英語の成績があんなんじゃ、スチュワーデスにはなれんとよ」

そう言うと従妹は、

「あら。国内線なら大丈夫よ。英語なんかそんなに使わないもん」

　と唇をとがらせた。

　十月だというのに東京は長崎と同じように妙に暑い。こんなことは珍らしいと皆、言っている。翌日従妹につれられて六本木、赤坂、銀座と歩いたが、蟻《あり》のようにぞろぞろとながれる人やすさまじい騒音に泰子はすっかり疲れてしまった。

「よう、あなた、こんなところに住んどるとね」

　と泰子は溜息《ためいき》をついた。

「田舎者にはくたびれるわ」

「長崎はそんなに良いところなの」

「それはもう……海がみえるでしょ。うしろが山でしょ。大きな楠《くすのき》もあるし、お寺も多いし……」

「なんだかお線香くさい街ね」

　ビルしかない東京育ちの十七歳の従妹にはお寺の多い町と聞いただけで妙な連想をするらしかった。六本木の硝子《ガラス》張りの喫茶店に腰かけながら、泰子は長崎・鵲台寺あたりのひっそりと静まりかえった坂道を思いだしていた。楠の翳《かげ》が路にくっきりと黒く落ちているだけで人一人、歩いていない静かな坂道。それなのにここでは奇妙な服装をした若者たちがぞろぞろと列をつくっている。

試験の前日の土曜日がきた。試験場はG大を借りて行うと書類に書いてあったので、そのG大まで一人で行ってみた。一次試験は英語と一般常識、それに性格テストであり、午後から面接がある。今度は三百四十人にたいして九千名ちかい志望者があるという話だった。

その夜、泰子が遅く従妹につきあってテレビを見ているので、

「大丈夫かね。明日、試験だろ。早く寝なくては」

とわざわざ叔父に注意されたほどだった。

「自信あるのよ。泰子姉さんは」

と従妹がかばってくれたが、泰子は自信ではなく合格してこんなやかましい東京に住むくらいなら、やっぱり父の店をあの静かな町で助けたほうがいいと思いはじめていたのである。

試験の日曜日。曇っていた。曇り日のなかをG大までタクシーで出かけると運動場には父兄につきそわれた受験生たちがもうぞろぞろと集っている。試験は東京だけではなく日本各地の十三カ所で行われるのだが、泰子のように最寄《もよ》りの試験地をえらばず、わざわざ東京に出てきた人も多いのだろう。父兄と話をしている言葉にもさまざ

まな地方弁がまじっている。

ベルがなり受験番号に従ってそれぞれ教室に入る。問題用紙は袋のなかに入れられて既に机の上においてある。泰子の眼からみると、どの受験生も彼女より頭がよくて、個性的な顔だちをしていた。今まで持っていた自信が急に崩れたような気がした。

試験がはじまった。袋から出した問題用紙は泰子にはあまりにもやさしい英語だった。書き終って時計を見るとまだ三十分もたっていなかった。馬鹿《ばか》にされたような気さえして彼女は別の問題をみた。苦手の物理や数学もまじっている。

物理でボイルの法則やアボガドロの法則、ヘスの法則などは高校時代に習ったけれども、もうすっかり忘れている。眼をつぶっていい加減な数字に正解の丸をつけてみた。

まわりをそっと見ると、左右の人たちはだれも自信ありげに万年筆を動かしている。

(あたし、落ちるかもしれん)

もし落ちたら雨宮先生にどんな顔をしたらいいだろう。とりわけ、自分の人生を試してみたいなどと偉そうなことを口にだした父親にはどんなに笑われるかもしれぬと思うと、泰子の頭は急にあつくなった……。

十二時、やっと試験場から解放された。英語だけがやさしく、そのほかはどうにか答えを出してはみたが、自信があるわけではない。

「できた？」

「できたわよ。むつかしくなかったもん」

そんな会話が父兄と受験者との間で聞えてくる。烈しい競争率だけに自分がたとえ合格してもスレスレにちがいないと思った。

午後から面接と簡単な英会話のテストがあった。

「ほう」

縁なしの眼鏡をかけた試験官は泰子の発音をきいて、
とほめてくれた。

「だいぶ、英語は得意のようですね」

「スチュワーデスになぜ、なりたいんです」

「母が憧《あこが》れていましたから」

「お母さんが」

「ええ。それにわたし……勉強した英語が役立つ仕事ばしたかったとです」

「おや、九州なまりが入りますね。そうか、長崎県か」

試験官は机の書類に眼を落してうなずいた。

どうやら雨になったらしかった。

　試験がすんでG大を出ると、小さな雨滴が頰にあたった。朝から曇り空だったが、
　東京にいる間、泰子にはひとつの計画があった。母の手紙に出ていた恩智勝之という青年――いや、もう、その人は生きていれば青年ではなく四十代後半の年齢になっている筈《はず》だった――に会うことだった。

　だが、その人がこのひろい大都会のどこに住んでいるのか皆目、見当もつかない。と言ってこの問題を叔父や叔母にうちあけて相談するわけにはいかなかった。

　彼女は夜、一緒に枕《まくら》をならべて寝ている従妹《いとこ》にだけ、この話をした。

「雲をつかむような話で、どうしてよかかわからん」

「ふうん、ロマンチックだなあ。わたし、そんな話、大好きだわ」

　高校生の従妹は溜息をついて、しばらくゴソゴソとしていたが、やがて寝床から這《は》いだす音が聞えた。

「電話帳、とってくるの。電話帳を見ればその人の電話番号、わかるかもしれない」

「そうね。ほんとだわ」

　そんないい考えがなぜ、すぐ思いつかなかったのかしらと泰子はおかしかった。

大きな二冊の電話帳を胸にかかえて、ネグリジェ姿の従妹が寝室に戻ってくると二人は腹ばいになったまま、頁をめくった。

「恩智一夫、恩智和正、恩智勝男、恩智勝三……ないわねえ」

「誤植じゃないかしら、恩智勝三と勝之と字が似ているでしょう。電話かけてみようかしら」

「もう遅いわ」と泰子は首をふった。「失礼よ」

「でも、まだ十一時だもん。東京じゃ十一時なんて宵の口なのよ」

泰子がとめるのもきかず従妹は部屋を出て茶の間に入った。ダイヤルをまわす音と、

「もしもし」

と言っている声がここまで聞えてくる。胸が動悸《どうき》をうった。

「え。勝之さんじゃないんですか。勝三さんなんですか。失礼しました」

すごすごと戻ってきた従妹は、

「ちがっていたわ。ラーメン屋さんなんですって。その人、何をしているの」

「わからんとよ。わたしにも」

泰子はむなしい気持を感じて寝床のなかで眼をつむった。やはり駄目だった。どうしてその人が今でも東京にいるなんて錯覚したんだろう。

手がかりは母の手紙にある宝塚の近くの仁川というところに行ってみることだ。恩智病院の消息を知っている人がまだ住んでいるかもしれない。そうだ。そうしようと彼女は眠りはじめながら考えた。

一次試験にパスしたという電報がきた。やはり英語がものを言ったのかもしれない。二次試験は次の日曜日、やはり同じG大であった。今度は面接と英会話がもう一度あって、そのほかに身体検査や軽い運動をさせられた。

「どげんやった」

帰宅して叔母にきかれた泰子は、はじめて、

「なんだか、大丈夫のごたっ」

と答えた。一次試験の時とちがって、今度は少しずつ自信のようなものが心に湧《わ》いてきたからである。

「長いこと、有難うございました。明日、戻ろうかと思います」

そう叔母に礼を言うと、

「もっとゆっくりおれば。別に学校のすぐはじまるとではないでしょう」

「ええ。でも神戸に寄って学校の時の友だちに会いたかですもん」

泰子は神戸にいる水谷トシの顔をみたかった。それと共に母の手紙にある仁川の渓

流も、もしそれが残っているならたずねてみたかった。そして恩智勝之の消息も得たかった。

夜は叔父が赤坂の中華料理屋で御馳走《ごちそう》をしてくれた。

「合格したら、どうなるの。うちに下宿してくれるの」

と泰子にすっかりなついた従妹は両親の顔を見くらべながらそうたずねた。

「寮があると」

泰子はもし東京に出たら自分一人で生きてみたかった。

「それに、合格できるか、どうか、わからんとよ」

「発表はいつかね」と叔父が、「もし何なら、ぼくが見にいってやろう」

「いいえ。電報が来るとです。Xマス頃なので、Xマスプレゼントと言うんだそうです」

「いいプレゼントなら、いいわね」

と叔母もうなずいた。

翌朝、新幹線で神戸に向った。雨がふっていて列車が東京駅を離れると濡《ぬ》れた有楽町のビルの間を傘をさした人の列が続くのが車窓から見えた。

その雨は静岡をすぎる頃からやんだ。大津のあたりで青空に変り、午後三時すぎに三宮のホームに列車はすべりこんだ。電報をうっておいたので、ひょっとするとトシが迎えにきているかもしれぬ――そう思ってトランクを手にもったまま、雑踏するホームでキョロキョロとしていると、

「泰子さん」

うしろで声がした。ふりかえると見憶《みおぼ》えのある星野がまるい顔に笑いをうかべてたっていた。

「トシちゃんは」

「彼女、勤めのあって来れんとよ。だから代りに行ってくれと頼まれたですよ。でも五時には勤めも終るから」

彼は泰子の鞄《かばん》を持ってくれて階段をおりた。まだ陽はあかるく、白っぽい神戸の街が駅の外に拡《ひろ》がっている。（この人は……会社をさぼって大丈夫なのかしら）

星野のうしろ姿を見ながら彼女はふしぎに思った。

「ぼくですか」

タクシーのなかでそれとなく訊《たず》ねると星野は少し照れたように笑って、

「今、一寸《ちよつと》、失職中ですよ。友だちと自分等で会社ばつくろうと思うてね」

「トシちゃん、元気ですか」

「ああ。元気です。あいつ体だけ丈夫ですから」

トシのことをまるで兄か夫のようにあいつと言った彼は顔にも服装にも何となく崩れたものがある。トシは本当に幸福なのだろうか、と泰子は車の窓から外の風景を眺めながら考えた。

「あの……」

と彼女は思いきって、

「西さんどうされています？」

「西ですか」

星野はなぜかニヤッと笑って、

「ぼくもよう知らんとですよ。なんでも仙台のほうにいるということは耳にしたですが」

「仙台に？」

「ああ。あの先の漁業組合で働いとると聞いたですよ。こっちも手紙ださんもんだから」

なぜ西が仙台に行ったのだろう。漁業組合で働いているなら絵葉書の一枚でもくれてもいいのに、と泰子は恨めしかった。

国道を通って自動車はコンクリートでかためた川ぞいの路《みち》を六甲山の方に向って登った。黄ばんだ、やせた銀杏《いちょう》が形ばかり川ぞいに植えてあり、工場の塀《へい》が長く続いている。

「ここです」

「ここ?」

貧弱なアパートの前にタクシーをとめて星野はしばらくポケットをさぐっていたが、

「泰子さん。すまんけど千円ほど立てかえてくれんかね」

急に狎々《なれなれ》しい口調で、

「うっかり財布を忘れたとよ」

それから彼女がハンドバッグから出した千円札でタクシー代を払うとアパートの外側についている緑色の階段をのぼった。

「ここ、星野さんのアパートですか」

少し警戒する泰子に、

「いえ。あいつの部屋です」

だがそのくせ彼はズボンのポケットから鍵《かぎ》を出して扉の鍵穴にさしこんだ、まるでそれが当然のような顔をして。

「さあ、どうぞ」

入口にたって泰子はトシの部屋を覗《のぞ》きこんだ。壁にかかっている洋服。粗末な卓袱《ちゃぶ》台《だい》。小さな、小さな台所。窓には使い古したタオルが干してあった。その窓の向うは同じようなアパートのよごれた壁がみえている。

(トシ。あんた……こげんところに住んどると?)

ここには海の匂《にお》いのする風も吹いてこなかった。大きな楠《くすのき》もなかった。城山も見えなかった。それは泰子やトシの故郷の町や長崎とはあまりにちがっていた。

「まあ、坐《すわ》ってください。今、茶でも入れますから。あいつも、もうすぐ戻ってくっとですよ」

星野はこの種の男がよくそうであるように器用な手つきで卓袱台をふき、ガス台で湯をわかしはじめた。

「トシちゃんはどんな仕事ばしてるんですか」

「知らんとですか。信用金庫に勤めてます」

こんな生活は不自然だ、と泰子は思った。なぜトシはここまで来て星野と結婚しないのだろう。自分なら、とても耐えられないような気がする。

「結婚しないんですか。星野さんとトシちゃんは」

「ああ。結婚ね」星野は他人《ひと》ごとのように答えた。「ぼくがまだ定職のなかもんだから。さっきの会社が軌道にのればそのことも考えるとですよ」

それから彼は素早く腕時計を見て、茶を入れた。

「まあ、茶でも飲んで待っててください。ぼくは用事があるから、これで今日は失礼するけど、彼女、もうすぐ戻ってくっでしょ」

そう言って、そそくさと立ちあがり靴をひっかけて姿を消してしまった。

静かだった。どこかで子供が唄を歌っている声が聞えた。卓袱台にもたれ、壁にかけてある洋服をじっと眺めながら泰子は中学時代や高校時代の水谷トシのことをぼんやり思いだしていた。

なにも知らず、なにも苦しまなかった少女時代。テレビや映画の歌手や俳優にだけ夢中になれた時代、今、考えると倖《しあわ》せだった。オカッパ頭のトシが教科書にはさんだプロマイドを溜息《ためいき》つきながら校庭の隅で見せてくれたことを思いだす。

「わたし、朝から晩までこのプロマイド、見とっとよ」

「ほんと?」

「彼、親孝行よ。弟の学費も彼が払っているとよ。あんた、知っとる?」

その時の夢中になったトシの眼のかがやきや声まで今、思い出すことができる。校庭をふちどる高いポプラの葉が夕方の風で鳴り、下校する生徒たちが自転車に乗ってその下を通っていった……。

　階段をのぼる足音がした。部屋の戸があいて、そこにオカッパ頭のトシではなく、疲れた表情のトシが泰子を見ていた。

「ごめんね。遅うなって」

「よかとよ。さっきまで星野さんがいてくれたから」

「こげんみじめな部屋、見せるとは恥ずかしか。でも我慢してね」

　泰子はトシのくたびれた顔を見ながら、その背後にある彼女の生活に思いをはせた。

「トシ、変ったねえ」

「そう。そうかもしれんね。でも不幸だとは思うとらんとよ。わたし」

「じゃあ、倖せ?」

「倖せか、どうか、わからん。だけど、わたし、そげんこと、どうでもよか」

「なぜ」

「男と女との関係って、倖せか、不幸かで割りきれんとよ。泰子にはまだわからんよね」

　トシはかつての同級生に教えるように呟《つぶや》いた。そこには泰子の知らぬ女としての水谷トシがいた。

「わたしがおらんやったら……星野さん駄目になるけん。わかる? そんな男と女の関係」

泰子は弱々しく首をふった。必ずしもわからないわけではない。しかしわかると断言するのは嘘《うそ》だった。まだ本気で男を愛したことのない彼女にはトシが今いる世界はまだ縁遠かった。

「ねえ」と泰子はトシを誘った。「街にいかんね。神戸は焼肉がおいしいって聞いたよ。わたし、奢《おご》る。旅費が少し余ったけん」

今の彼女にできるのは、おそらくつましやかな生活をこのみすぼらしいアパートで送っている旧友に何かおいしいものを食べさせることだった。

夜、三宮に出た。焼肉屋で昔のように二人はあまり飲めぬ水割りに顔を赤くして、ニンニクの臭いのする焼肉をたべた。

「久しぶりよ」とトシは子供のように感謝した。「こんな御馳走たべるのは」

外に出ると秋の夜気が肌ざむかった。三宮のトーワ・ロードの頂きからは神戸の灯が拡がっていた。

「長崎の夜景ば思いだすね」

と泰子は呟くと、

「長崎の夜景のほうが、もっと、よか」

とトシは悲しそうに答えた。

「もう、戻ってこんと？　当分」

「戻らん。自分でえらんだことやもん。自分で責任ばとらんば」

「わたしにできることあったら、言うて」

「ありがと」

うなずいてトシは、

「時々、手紙、頂戴《ちょうだい》。寂しかとよ。口では偉そうなこと言うても」

その夜、彼女のアパートで一つの布団《ふとん》に二人は体をくっつけあって寝た。中学生の頃、阿蘇《あそ》に修学旅行に行った時、同じように一つ布団で寝たことを泰子は思いだした。

翌朝、眼をさますとトシの姿は見えなかった。枕元《まくらもと》に置手紙がしてあって、

「ごめんね、よく眠っているから、さよなら言わず勤めに行きます。昨夜は本当に楽しかった。鍵は牛乳箱のなかに入れておいて。牛乳は飲んでいいわ」

そう書いてあった。

洗面をすませ、牛乳箱のなかに彼女もトシへの返事を入れた。

「さようなら、長崎へ戻ったら手紙を書くわ。元気を出してね」

アパートを出て彼女は阪急六甲駅にむかう坂道をおりた。駅の案内看板をみて母の実家がかつてあった甲東園が西宮北口で乗りかえることを知った。

ウイーク・デイだったけれども意外に混んでいた。十月の秋晴れの日を利用して紅葉を見にいくらしい客も眼についた。西宮北口から宝塚に向う阪急の支線に乗りかえる。

車窓から母の手紙に書いてあった甲山《かぶとやま》が見えた。なるほどまるい甲を思わせる形をしている。その山の下は切りひらかれてビル群のように白い団地が拡がっていた。甲東園の駅でおり、彼女は駅前の菓子屋に入って、「恩智病院はどこでしょうか」とたずねた。

「恩智病院?」

あたらしく出来たばかりらしいその菓子屋の主人は首をかしげて知らぬと答えた。

「戦争中、あったんです」

「戦争中。そんなならわかりまへんやろ。このあたり、近頃、えろう変ったさかい」

だが親切な彼は三軒となりの八百屋なら古くからここにあるから知っているかもし

れぬと教えてくれた。

秋の林檎《りんご》やつやつやした柿を店頭に並べた八百屋ではエプロンをしたおばさんが客に葡萄《ぶどう》を包んでいた。

「恩智さん。ああ……憶えてます。でも引越しはりましたわ」

「どこに行かれたとでしょう」

「さあねえ。先生も奥さんも戦後、亡《な》くなりはったし……それで今、あの病院、普通の家になって別の家になってますねん」

ともかく、その場所だけをこの眼で見ておきたかった。母が娘の頃、歩いた路を泰子も自分の足で歩いてみたかったのだ。

秋の陽が松林にあかるくさしていた。母の手紙にもこのあたりは松林が多いと書いてあったが、今、その一部がまだ残っているのだろう。松林にそった路に洒落《しやれ》た洋館が並んでいる。外人の子供が自転車に乗って通りすぎていった。八百屋の主人に教えられた路を歩いていくとやがて昔、恩智病院だったという古びた洋館が見えた。

（ここなのか……）

彼女はまるでそこが自分も昔、住んでいたような錯覚と懐《なつか》しさとに捉《とら》えられて周りを見まわした。母の家はこの恩智病院のはす向いにあった筈《はず》だが、それは大きなアパート風の会社の寮に変っていた。

泰子にはそれでもよかった。ともかくもこれがあの母の手紙に書かれた場所なのだ。今の自分の年頃まで母がここに住み、ここを歩き、そして戦争中の暗い毎日のなかで美しいものや善《よ》いものに憧《あこが》れていた場所である。（泰子ちゃん。見てごらん）すぐそばに和服を着た母が立って指さしながら説明してくれている――そんな気持さえする。

（あなたには何でもない場所でしょうけど、母さんには……）

わかるわ、と泰子はうなずいた。人間にはそれぞれ、自分の過去の思いがこもった場所があるのだ。長い間、そこにぼんやり立っていると、さっき横を通りすぎた外人の子が怪訝《けげん》そうにこちらをふりかえり自転車を漕《こ》いでいった。

駅に戻って逆瀬川《さかせがわ》駅までの切符を買った。時刻は昼ちかくだった。逆瀬川は終点の宝塚から二つ手前の駅で、あの母の手紙では彼女に恩智勝之が「秘密の場所」を教えたところなのである。

白い川原の両側に大きな邸宅が並んでいた。間もなくゴルフ場を矢じるしで示した看板が眼についた。「秘密の場所」は母の手紙ではこのゴルフ場にそった山の寺の下にある筈だった。

甲山と六甲山脈の山々がうしろに拡《ひろ》がっている。なだらかなゴルフ場のあちこちには黄ばんだアカシヤの大木が植えられ、まるでスイスの牧場のようである。二組ほどのグループがゴルフのクラブをふっている。

そのゴルフ場の途中に遊岩寺と書いた立札が出ていて泰子はすぐ、

（ここだわ）

と道を右にとった。道は枯葉の散った山道となり、両側は茶褐色や黄色になった雑木林に変った。小鳥が時々、するどい声を出して林のなかから飛びたった。

渓流の小さな音がきこえた。耳をすますとそれにまじって砂のように乾いた音もする。風がかすかに吹くたびに舞い散る木の葉だった。

彼女は滑らぬように注意しながら渓流のそばまでおりてみた。舞った枯葉が水にうかび、岩と岩との間を流れていく。小さな滝にかくれ、姿をみせる。水は枯葉をそこに残して岩と岩との間をぬっていく。静かだった。

母と恩智勝之が腰かけたのはどこか、わからない。ここだったかもしれない。そんなことはどうでもいい。ただまだ自分が生れぬその年、二人は黙ってこの渓流のそばにいたのだ。戦争に行く勝之はここの静かさを頭にいつまでも残そうと考え、母は母で失われていく美しいものと善いものをここで懸命に心につなぎとめようとしたのだ。

(わかるわ、母さん)

小鳥がまた、すぐ近くで鳴いた。枯葉が風にその小鳥の群のように舞いおりてきた。

(母さんだってそうしたんだから……わたしもこれからの人生で、美しいものと善いものを探していくわ)

泰子は肩におちた木の葉の一枚を掌《てのひら》にのせてそう呟いた。

その日の午後、大阪から大村に戻った。

「お帰り」

店から戻った父親は玄関に出むかえた娘を見て嬉《うれ》しそうに、

「どげんだった。入社試験は」

「五分《ごぶ》、五分よ」

「問題はむつかしかったとね」

泰子は首をふって東京での話を詳しく父に報告した。しかし神戸で水谷トシや星野に会ったことは簡単に言い、あの甲東園や逆瀬川を歩いたことは黙っていた。

それでもその夜、妙な夢をみた。自分とトシとがあの枯葉の舞う渓流のそばを歩いている夢である。

「危かよ。地面のツルツルして滑るけん」

「ここをのぼれば、どこに行けるとね」

「あのね」

と泰子はトシに厳粛な顔をして答えた。

「母さんに教えてもろうたと。とてもきれか景色のみえる場所があるって」

「あんたの母さん、死んだとやろ?」

泰子はかたくなに首をふった。トシは途中でたちどまり、

「わたし、もう帰るよ。帰ろう。あんたも」

「一人で行く」

さようならと彼女はトシに言って一人で渓流をのぼり続けようとした。そこで眼がさめた。

眼がさめたあと、夢はまだ記憶に残っていた。泰子にはそれがなぜか今後の自分たちの人生を暗示しているように思われた。

十二月になった。クリスマス近い日に彼女は電報をもらった。スチュワーデスに採用されたのである。

トシの場合

日が暮れる。子供たちが唄《うた》を歌っている。窓の向うに隣のアパートの、染《しみ》のついたセメント壁が見える。

「ここには楠《くすのき》もなかよ、お寺もなかよ。嫌だなあトシ。故郷《くに》に戻らんとね」

と泰子が言ったが、本当に私だって戻れるものなら、あの長崎や自分の町に戻りたい。ここ神戸では海があっても、その海は埋めたてられ、油がながれ、工場がたち並び、故郷のような潮の匂《にお》いさえ、しないのだもの。楠が大きな影をおとし、お坊さんが一人、あるいている坂道。それもないのだもの。

この頃、よく夢をみる。眼がさめて阪急電車の音を聞き、ここが故郷でないことに気づく。隣りには星野さんの小肥《こぶと》りの体がいびきをかいて眠っている。

故郷に帰りたい、私はもう神戸での生活につかれた。父や母や弟たちのいる、あの茶の間であついお茶を飲みたい。一人でそう考えると泪《なみだ》がこみあげてくる時もある。でも戻れない。星野さんから離れられない。

「なしてね、わたしやったら、別れるとにね。星野さんと一緒やったら、自分まで駄目になると思えば、やっぱり別れるとにね」

この部屋でいつか、たった一つの寝床で泰子と寝た時、彼女は歯がゆいような表情で私にそう言った。

「でも星野さんは」と私は枕に頬を押しあてながら「私が世話せんば、誰が世話するね」

それは事実だった。根性のない彼は神戸に来てしばらくしてから上役と喧嘩《けんか》をしたために会社をやめてしまった。そしてスナックで知りあった競馬の仲間と会社を作るのだと言っている。

その会社はいつできるのか、わからない。今の彼の生活も競馬の金も皆、私の給料から出ているのだ。

「すまんね。トシちゃんにこげん苦労ばかけて。不甲斐《ふがい》なかよ。この俺は。でも、恩は倍にして返すけんな」

星野さんは私に金をせびりに来るたびに泣きながら、そんなことを言う、言われても私はそれを信じてはいない。信じてはいないけれど、そう言ってくれるだけでも嬉しくて、つい乏しいお金をわたしてしまうのだ。

「わたしには……そんなあんた……わからんよ」

寝床の上に起きなおって泰子は私を叱《しか》った。花模様のパジャマを着た彼女がまだ男を知らないことは、その体を見ただけでもわかった。そう。泰子には私のやっていることは愚かで、馬鹿《ばか》なものとしか思えないだろう。私だってそう思う。でも、これが女なのだ。私がいなかったら誰があの星野さんのような男の世話をするだろう。私はやっぱり、故郷《くに》には戻らない。

星野さんは毎日、出あるいている。夜になるとそっとこのアパートに忍びこんでくる。階段をのぼる足音で彼だと、すぐわかる。時々、その足音がたまらなく嫌になる。彼は本当は私を愛しているのではなくて、ただ男の欲望をみたすために、ここに来るのではないかと疑うことがある。

「トルコ風呂《ぶろ》に行けというとね？　そげん金のあれば、ぼくはトシちゃんのため何か買うよ。トシちゃんが自分の洋服一着も作らんのをよう知っとるけんね」

彼は私がなじると眼鏡の奥で悲しそうな眼をして答える。

「ひどかこと言うな」

「ごめんなさい」

私はその悲しそうな眼に辛《つら》さを感じながらあやまってしまう。

「いや、ぼくが悪かとよ。ぼくがこげん甲斐性なしやもんな。君が怒るとは当り前さ」

「ねえ。せめて競馬だけでもやめられん？」

「そりゃ、やめたい。やめたいと何時《いつ》も思うとる。でももし万馬券の当ったら、それでトシちゃんに借りた金も返せるし、二人でどこかでおいしいもんば食べられるけんね。つい手の出る」

「お金なんか、返してもらわんでもよか。今更」

「ああ、早う、この身をちゃんとして君と結婚式ばあげたか。島原の家族もちゃんと呼んでな」

嘘《うそ》とはわかりつつ、星野さんのこの言葉に私は酔ってしまう。そんな日がいつか来るのかしらと考えながら、もしそれが事実になったら、どれほど嬉しかろうと思うのだ。

泰子から今日も手紙が来た。彼女が私を一人ぽっちにさせまいとして、つとめて手紙をくれるのは嬉しい。嬉しいけど、その手紙を読むたびに彼女と私との生きかたの違いをあまりにもはっきり感じてしまう。手の届かぬ遠い世界に泰子が行ってしまったような気さえする……

御無沙汰《ごぶさた》。トシちゃん。ごめんね。

毎日、毎日、手紙を書こうと思っても、一日の詰めこみ授業に追われ、それから下宿に帰ってお食事の支度や勉強にかかると、本当に暇がなくなってしまうの。あなたも同じだと思うけれど、女一人が生活するって大変ね。

でも元気です。張りきっています。

訓練所は空港のすぐ近くの建物で、そこではスチュワーデスのほかにパーサーたちの訓練もやっています。

どんな訓練をするのかって。一番、きついと言われるのは英語。百時間の英語が四カ月、あるといえば、トシなら悲鳴をあげるだろうね。さいわい、私めは英語は得意であったから、それほど苦しんではいないのダ。

苦しいのはむしろ、実地の訓練だわね。

学校のなかに機内とそっくりの模型が作ってあるの。そこで男の教官と先輩スチュワーデスにしごかれるのだワ。

同期生がお客になって、二人か、三人がスチュワーデスの練習をするの。それを教官たちがじっと見ているのである。

男の教官はまだ優しいけど、こわいのは先輩スチュワーデスであります。機内ではあんなに微笑《ほほえ》んでいらっしゃる彼女たちが、ここで後輩を指導する時はきびしい、きびしい。時々、「鬼婆《ばば》あ」なんて叫びたくなるような人もいます。でも私だってやがて同じ立場になったら、おっかない顔をして後輩を叱るかもしれない。それだけ、みんな真剣なんだ。

飲みものや食事の注文、免税品の売りかた。一寸《ちょっと》みるとやさしいようだけど、それが意外にむつかしい。こっちはカクテルなんかに興味ない女の子だもん、ドライ・マルチニイの作りかたなんか、はじめて憶えたわ。

昨日も先輩スチュワーデスに叱られちゃった、セブン・アップにレモンを入れたら、

「なぜ、そうするの」

「このほうが、合うんじゃないかと思いまして」

「それはあなたの好みでしょ。お客さまにはレモンを嫌いな人もいるかもしれないわ。一方的に入れちゃ駄目よ。その上、通路側のお客に先に出す人がありますか。窓側の人に先にわたすの。和服の時、袖《そで》でコップなんか倒したりするでしょ。もうこのことは前にも教えたでしょ」

きついなあ。頭がかあっとなって、

「今後、注意ばしますけん」

とつい、お国言葉を出して、また叱られちゃった。

四カ月の訓練が終ると、今度は飛行機に乗って実地訓練を受けるの。訓練生という名札を胸につけてね。それがすべて完了すると一人前にやっとなれるというわけ。

また書きます。トシのほうはなぜ、手紙をくれないの。星野さんとうまく、いっている?

泰子は私とちがって昔から目的をきめたら一直線にそこに歩くのだった。中学の時も正しいこと悪いことの区別をちゃんとつけて、そのため先生や大人からの受けもよかった。

この手紙を見ても、泰子らしいなあと思う。彼女なら訓練所できっと上官や先輩に可愛《かわい》がられているだろう。スチュワーデスの制服は泰子のような女の子には一番よく似合うような気がする。

スチュワーデスの制服がよく似合う彼女。それと反対にそんな恰好《かっこう》のとてもできぬ私。泰子の人生。私の人生。交わることのない二つの平行線。泰子の道はいつも陽があかるく、空が晴れわたっていて、まるであの島原の海ぞいのように思える。それなのに私の路《みち》は汚水にぬれた、もの悲しい裏通りなのだ。

今日、会社で仕事をしていると長岡課長によばれた。

「君、この計算が違っているやないか」

指さされた伝票の集計表を見ると、たしかに一桁《けた》、数字を間違えて合計額を出していた。

「この前も、同じ過《あやま》ちをしたやろ。君、近頃、ほかのこと考えて仕事をしとるのと違うか」

課長の叱り声は背後にいる皆の耳に聞えたにちがいない。うつむいて仕事をしながら皆、聞き耳をたてているのがよくわかった。

「君かて、ちゃんと月給もろうてるのやろ、身を入れて仕事したらどないや」

すみませんと何度も繰りかえして席に戻った。

その時、電話がなった。隣席の加藤さんが取って耳に当てていたが、

「水谷さん」

と言った。

こんな時に私用の電話をかけられるのは一番つらかった。たった今、私を怒った長

岡課長が不愉快そうな眼をこちらに向けたのを痛いほど感じながら、

「もし、もし」

受話器を片手でかくすようにして声をだすと、

「トシちゃん。俺」

やっぱり星野さんだった。

「今日、会社の引けたらな、真直《まつす》ぐ帰らんで。話のあるとよ」

「今、仕事中よ」

「わかっとる、大事な話やけん、会社の前で俺は待っとるけんね」

皆に見られたら困るわ、と言いかける前に受話器にはカチャリという音がきこえた。うつむいて、何事もなかったように私は仕事をつづけた。

五時——

「おつかれさま」

「はい、御苦労さん」

みんなが自分の机を片付けて部屋を出ていったあと、一人、あとから退社しようとする私に長岡課長が声をかけた。

「今日は、怒鳴ってすまんかったな」

「いいえ。わたしが悪かったとです」

「どうだね。今日、ぼくとつき合わへんか。酒、飲めるんやろ」

私は彼の顔がいやらしく笑いくずれているのに驚いた。昼間のあの不機嫌そのものの表情とはうって変ったようだったからだ。

「あの……駄目です。用事のあるとですもん」

「電話をかけてきた男とデートでもするんやろ。私用の電話は執務中、遠慮してもらえへんのか。皆に迷惑やで」

はい、と私はあやまって廊下に出た。

会社の外にかくれるように出ると向うの電柱のかげに星野さんの小肥りの姿がみえた。

「すまん」

「困るよ。こげんところ、皆に見つかったら、噂《うわさ》の種になるもん」

「よう、わかっとるよ。わかっとって来たのも、事情のあるとたい」

「話って、何ね」

私は出口から課長が出てこないかと気にしながら足早やに歩きはじめた。彼はうしろからついて来て、

「待たんね。会うてもらいたい人のおるとよ」

「会うてもらいたい人？　どこに」

星野さんは手をあげてタクシーを停めると、私を無理矢理になかに押しこめ、

「楠公《なんこう》さんのそばまで行ってんか」

と関西弁で運転手に命じた。

湊川《みなとがわ》神社のすぐそばでおりると、彼は「梅園」という寿司《すし》屋に私を連れていった。

こんな寿司屋に彼が私を誘ったのは始めてだった。

広い店内に二人の客がいた。その客から少し離れ、茶色のグラスの入った眼鏡をかけた若い男が銚子《ちょうし》をかたむけていたが、

「やあ」

と言って星野さんに手をあげた。

「女房です」

星野さんはそう言って私を彼に紹介してから、

「俺のえろう世話になっとる小西さんだ」

それからそのそばに押えつけるようにして私を坐《すわ》らせた。

「奥さん、まあ、一杯」

小西というその男は、体の大きな、赤ら顔の店の主人に、

「この人にも、トロを握ってやってんか」

と頼むと、自分の杯を無理矢理、私にわたして、酒をついだ。

向うの席で二人の中年の紳士が寿司をつまんでいる。店の主人はその人たちに時々、テレビの話をしながら、寿司を握っていた。私は何のために、ここに連れられてきたのかがわからず、黙ったまま、うつむいていた。

「奥さん」と小西さんが「さあ、食べとくなはれ。ここの寿司、神戸でも有名だっせ。もっとも星野君も奥さんも長崎の出身やさかい、魚には口がこえとるんやろうが」

それから小西さんは星野さんと二人で競馬の話をしばらく、やっていたが、

「実はね、奥さん」

と向う側の二人の紳士に聞えぬように声をひそめて、

「えろう、困ったことができましたんや」

と言った。私が顔をあげると、

「ぼくはお宅の御主人に少し、お金を御用だててまんのんや」

「お金を？」

「そうだす。百万円ほどな」

私はびっくりして星野さんの顔を見た。星野さんは手にもった杯をおいて、黙ったまま、うなずいた。

「ぼくかて星野さんとは友だちやさかい、いつまでも待ちたいんやが、急に商売のことで金が少しいりまんねん。星野さんは今のところ返済でけんと言いはりますし、困ってまんのや」

「そげん話……、はじめて、私……」

そう言ったあと、私は絶句した。百万円のような大金を星野さんが友だちから借りているとは全く知らなかったからである。

「そうでっしゃろ。ほんまやったら、ぼくかて、こんなこと、奥さんに言いとうないんやけど、事情が事情ですさかいな、何とかなりませんやろか。奥さんのほうで」

「私に？」

驚いて私は小西さんを見つめ、首をふった。

「私に百万円などと言うお金、とても……」

「実家のほうから借りると言うわけにはいきまへんか」

「駄目です。実家にもそげん金はありません」

向う側の紳士がふしぎそうに私のほうに眼をやった。私の声が大きかったからだった。

「なあ、トシ」

今まで黙っていた星野さんがこちらに体を向けるようにして、

「考えたとばってん、チイと、勤め先から前借りはできんやろか？」

「信用金庫から？　私の勤めている」

「そうさ」

何を言っているのだろう、この人は、と私は泣きだしたくなった。私のような女の子にあの長岡課長が百万円の前貸しを許してくれるなんて、夢のような話だった。

「あんた、本気で言いよっと。そげんこと」

「なあ。なんも会社に直接、たのめと言うとらんとよ。貸つけの仕事ばやっとるとやろ、そいけん架空名義の約束手形をつくって百万円借りだして、それを割りびくことはできんとね」

「架空名義で」

「それも二カ月の間だけでよか、二カ月したら、その百万円必ず返す当ての確実にあるとやけん。二カ月だけ、金庫の金をそっと廻してくれんね」

私は大声をあげて泣きたかった。そのような怖《おそろ》しいことを星野さんが頼むとは思いもしなかったからだった。

「いや」

二人の紳士がまだ酒を飲んでいるのも忘れて私は思わず叫んだ。

「そげんこと、私、とてもできん」

「しッ」

あわてて小西さんは私を制すると、急いで杯にお酒をつぐと、

「まあ、奥さん。静かに、静かに。あとで御主人とゆっくり相談してくれればええのやがな。ほな、そろそろ、引きあげよか」

私たちがたちあがると二人の紳士は視線をそらせて、赤ら顔の店の主人とさりげない話をはじめた。歌手の森進一は歌がうまいと主人がほめている声が聞えた。

トシ。元気ですか。私のほうは毎日、毎日が充実しています。スチュワーデスの制服も身についてきました。

英語の最終試験はみごとパスをしました。もっとも落ちた人は何人かいましたが、その人たちはもう一度、再試験があるから、皆、パスというわけ。

昨日は緊急事態の訓練がありました。飛行機が海に着陸した時の訓練です。非常口

から救命ボートをおろし、そしてお客さまを乗せ、テントを張り、脱出する真似《まね》をさせられました。スチュワーデス一人がボート一つの責任をおわねばならぬので、なかなか大変です。かなり力がいる仕事なので、あなたならこの訓練は一番になるだろうと思いました。

もう半月すると、今度は実際に見習として飛行機に乗ります。自分ではかなり、いい線をいっていると思っているの。

ところで東京に来て西さんの噂を聞いたの。この間、休みの日、新宿で買物をしていたら、急に声をかけられました。

ふりむくと、あの芝居の時に一緒だったN大の学生でした。

一緒にお茶を飲みました。その時、その人がこう言ったんです。

「西さんは……過激派のグループに入っとると聞いとるですよ」

「過激派の？」

「ええ。大学にも警察が来て、交友関係ばいろいろと聞いたとですよ」

「じゃ田崎さんは？」

「さあ、そのほうはぼくも知らんな」

トシ、どう思う？　あの陽にやけた、歯の白い西さんが今、過激派で活動していると信じられる？

　とにかく、その夜、考えました。みんなであの夏休み、島原で遊んだ時のことが夢のように思われます。あの時、何も考えず、何も知らず、ただ海や空の青さにしびれていたのね。自分たちのこれからが、どうなるか、一人として気づかなかったのじゃないかしら。

　また、手紙を書きます。さようなら。


　その夜、星野さんは例によって私の下宿に来て泊った。

　彼に体をいじられるのは、今夜は嫌だったから、

「いや」

　と体をかたくして、伸びてくる彼の手をおさえた。

「なア。怒ることはなか。あげんことば頼むとも、自分の女房やと思うとるけん。なあ。たのむよ」

　私は闇《やみ》のなかで彼のわざと甘えるようなその声を黙って聞いていた。

　この男と一緒だったら駄目になる。泰子はいつも私にそう忠告してくれた。本当にそうだと思う。

眼を大きく開き坂をすべり落ちていく二つの石を思いうかべた。一つの石は星野さんで、もう一つは私だった。二つの石は同じ坂をすべり落ちながら、底知れぬ谷の底に落下していく。

人を愛するということは、そんなことのような気がする。泰子にはそのような愛は生涯わからないだろう。あの子はいつも優等生だったから。誰かを愛する時は、その相手と共に向上したり、洗濯のゆき届いた白いシーツに寝たり、二人の子供を賢く育てることしか考えないのだ。

「なあ、トシ」

その時急に星野さんはすすり泣きはじめた。

「お前、九州に戻ったほうがよか。俺みたいな、仕様もなか男と別れたほうがよか」

「なして」

私はびっくりして寝床から起きあがった。星野さんはその私の膝《ひざ》の上に顔を伏せて、

「理由《わけ》は言わんちゃ、お前、わかっとるやろ。俺はだらしのなか男ばい。何もできん男たい」

「そげん風に自分で自分ば苛《いじ》めるとは、やめて……」

私ももらい泣きをしながら彼の髪の毛を姉のようになでていた。眼から泪《なみだ》があふれ、

頬をつたい、そして星野さんの顔にポタ、ポタと落ちた。

「別れんよ。私。絶対に別れんから」

「天使のごたる。お前は」

「私が?」

「そうさ。俺にとってはな、お前は天使のごたる」

だまされてもいい。だまされて捨てられてもいいと、この時、私ははっきり決心した。彼とだきあいながら、もうこの二つの体が決して生涯、離れることのないのを私は心の底から願った。

「どこまでも、私、ついていくよ」

坂道を転がる二つの石。石は底知れぬ真暗な谷底に落ちていく。泰子にはおそらく、こんな愛情は理解できないだろう。


トシ。

今、羽田の飛行場でこの葉書を書いています。いよいよ、私の第一回の搭乗《とうじょう》が今夜、はじまるのです。記念すべき、その飛行機は四〇八便、午後九時半発、ロンドン行きです。もちろん正式のスチュワーデスとしてではなく、見習生としてですけれども、胸にその札をつける以外は、すべて正規のスチュワーデスと服装も仕事も何の変りはありません。

私たちの飛行機はアンカレッジ経由なのでかなり忙しいらしいの。夜のお食事をお客さまにさしあげて、ウトウトとする間もなく朝がくるからで、それは時差の関係のためだそうです。

もうすぐ、クルーが飛行機《シップ》に乗りこむ時間が来ます。お客さま《パック》が乗りこまれるまで準備をしなければなりません。ジュニア・パックが一人でこの機に乗るという注意がパーサーから、ありました。小さなお子さんのことを、私たちの言葉ではジュニア・パックって言うの。

じゃ、行ってきます。トシも頑張ってね。さようなら。


私は仕事をしながら上眼使いで長岡課長をそっと見ていた。彼はほとんど注意を払わずに伝票に判を押している。

周りの同僚もそれぞれ、自分の仕事に熱中している。誰も私に眼を向ける者はいない。

（ひょっとしたら……できるかもしれない）

突然、心のなかでそんな気が水泡《みなわ》のようにゆっくりと起った。星野さんと小西さんが私に頼んだあのことが頭のなかにこびりついていた。架空の書類をつくる。そしてそれを小西さんに渡す。

長岡課長がこちらを向いた。私はまるで自分が今、そのことをやっていたように体が硬直するのを感じた。が、彼は何事も気づかずに体を斜めに向けて引出しから薬瓶《くすりびん》をとりだし、丸薬を口に放りこむと茶を飲んだ。

(しいきらん。とても私には、できんごたっ。星野さん)

私は眼をつぶり、眼ぶたの裏の星野さんにそうあやまり続けた。

夕方になった。いつもと同じように皆は、

「おつかれさま」

と言って机を片付け、ロッカー・ルームで帰り支度をはじめた。私はまだ仕事があるようなふりをしてボール・ペンを動かしていた。もしチャンスがあるとするなら、皆が引きあげたあとだったから。

「水谷君」

一人、残っている私に長岡課長が、

「まだ、仕事かいな」

で」

「明日すればええやないか、どや、ぼくとつきあわんか。今日はイヤとは言わさん
「ええ。一寸《ちよつと》だけ」

ニヤニヤ笑いながら小声で誘った。

「それとも、早う帰らねばならん人でもおるんかいな」

「そんげん人、おらんです」

「そんげん人、おらんですか」と彼は私の口真似をして「ほなら、行こ。ぼくは一人で飲むのが好きやないんや」

私は机の上を整理するとハンドバッグを持って課長と一緒に部屋を出た。

「どや、仕事に少し馴《な》れたか」

「はい。でも失敗ばかりして、すみません」

「まあ気にするな。そりゃ、俺かて責任上、怒らんならんさかい、声も大きゅうするワ。しかし仕事と私的生活とは違うさかいな、そうビクビクせんといて」

「はい」

大通りに出ると彼は煙草《たばこ》を買い、それから三宮の方角にむかって歩きだした。

「あんた、恋人、おるんか」

「そんな人、いません」

「嘘《うそ》いうたら、あかんで。時々、電話かけてくるやないか」

「あれは、従兄《いとこ》です」

私はいつから、こんなに嘘を即座に言えるようになったのだろう。彼の前で私はできるだけ信用のできる、好ましい女の子として振舞おうとしていた。やがてあれをした時も彼のその眼をくらますために、疑われないために……

「あんたも仕事の時と今と違うな」

「違いますか」

「違うで。仕事の時は何や生意気な感じがするけど、今はあたり前の女の子や」

「だって……まだ、馴れとらんとですもん。課長さん、教えてください。私、一生懸命、やりますから」

彼は眼を細めてうなずいた。

「そうか、そんなら頼りにしたらええんや、ぼくを……」

「そのつもりなんです」

長岡課長は上機嫌だった。

行きつけの飲屋でも私はこの中年の上役にできるだけ愛想よくしてみせた。唇に微笑をうかべ、彼がついでくれるお酒を一度も断わらずに飲んだ。

「あんた、酒、強いんやなあ」

と彼は驚いたように私の顔をみて、

「よし、これからも時々、つきおうてくれや」

「よろしく、お願いします」

私はピョコンと頭をさげた。それも星野さんのためだった。やがて、あれをやった時、この課長が私を疑わないためだった。

巴里《パリ》にて

午後九時二十分発、アンカレッジ、フランクフルト経由、巴里行き。

搭乗員《クルー》は出発時間の二時間前に羽田の詰所に集合する。ここで必要な書類や本日の機種についての説明と指示がパーサーを中心に行われる。ジャンボの場合はスチュワーデスの配置もここで教えられる。

「今日はジュニア・パックがいるから気をつけてください」

ジュニア・パックとは両親のつき添いなしで外国に行く子供のことを言う。

「心臓の悪い御老人も一人、乗っておられます。お名前は……でお席は……です」

そういう特別な配慮をせねばならぬお客がいた時はあらかじめスチュワーデス全員に通達があるのだ。病気の客だけではない。肉食をしない回教徒の外国人が乗る時は、その特別食の指示もこの時、行われる。

一般の乗客《パック》がまだ広いロビーで見送り人たちと談笑している間、搭乗員たちはかたまって飛行機に向う。

泰子のようなスチュワーデスたちは食事や器機の積みこみを待って、それをチェックする。チェックは意外に面倒な仕事だ。チェックがすむ頃、やっとバスで乗りこんでくるお客を迎えるために入口に笑顔で立たねばならない。

「いらっしゃいませ。お席はおわかりでしょうか。真中のあたりの右手にございます」

「コート、おあずかりいたしましょうか」

くちびるに愛想のいい微笑をたえず浮かべて、馴れないお客に、

「ベルトをおしめくださいませ」

「お煙草はサインが消えるまで御遠慮くださいませ」

相手を傷つけないよう、やさしく鄭重《ていちょう》に言わねばならない。なかには、

「おい、姉ちゃん」

こちらの体にさわって、

「新聞はないかね」

とズウズウしい態度を示す中年の男がいても、

「あとでお持ちします」

と会釈《えしやく》をするのである。

雪崩こむように機内に入ってきたそれらのお客がようやく席におちつくと、操縦席に電話を入れる。ハイジャックの場合の信号を仰ぐためだ。

「ハイジャックがあった時は、操縦室のノックは始め二つ、あと三つ、いいかね」

と機長の命令がある。

「信号ではコール・ランプを三回つける。あるいは砂糖ぬきの珈琲《コーヒー》を注文する」

「わかりました」

スチュワーデスのなかで一番、ふるい人がアシスタント・パーサーという名で乗っている。彼女は客にアナウンスをし、救命道具の使い方を乗客に説明する。その説明に従って各スチュワーデスは責任箇所の客にそれを見せるのである。

やがて飛行機は滑走路にゆっくりと移動し、そこから疾走して飛行に移る。お客さまには何も言わないが、本当はこの離陸と着陸とが一番、危険なのだ。

「もう三年もやっているけど」

と先輩スチュワーデスが泰子に言った。

「あたしも時々、こわくなるわ」

彼女の同僚は四年前、モスクワでの事故にあった。

そのスチュワーデスは飛行機が上昇した瞬間、急に空中で停止してしまったような気がしたそうだ。

（どうしたのかしら）

そう思った瞬間、もう気を失っていた。失速した機体は地面に叩《たた》きつけられたのである。眼をあけた時、天井から黒い糸のようなものが無数にぶらさがり、ぽっかり大きな穴が非常口のところにあいていた。悪夢のなかにいるのと同じで、体が動かない。

（逃げなくちゃ、いけない。逃げなくちゃ）

そう思って、その穴から体を出し外に落ちた。地面にぶつかった衝撃で、はじめて事故だとわかったという。アシスタント・パーサーの男の人が這《は》いながらそばによってきて、

「離れるんだ。飛行機から」

と言ってくれた。夢中でその人と地面を這いながら逃げた。両親の顔だけが頭にうかび、

（先に死にますけど、ごめんなさい）

としきりに心のなかであやまっていた。

今でもそのスチュワーデスの体には熱でとけたナイロンの下着が肌にくいこんでいるという。

だから先輩スチュワーデスでも離陸はこわいと言う。

泰子には実感がない。その時になればその時だという気持である。

東京湾の上で飛行機は傾く。いや、地球が傾くと言ったほうがいいかもしれない。眼下には夜の東京がどこまでも拡がっている。大きなシャンデリヤのようにキラキラと光っている東京。泰子はそのキラキラと光るどこかに一人一人の人生や生活があるのだな、とフッと感じる。

しかしそんな感傷にふけっている暇はない。まだ訓練生の彼女はツーリスト・クラスのお客さまたちの夜の食事を運ばねばならぬからだ。

ワゴンにテーブル・クロースや、ペーパーに包んだナイフとフォークをのせて、そ

れを席にくばって歩く。座席についた机を倒し、テーブル・クロースをかけ、ナイフやフォークをおく。

食事がはじまる。今度は珈琲や紅茶や日本茶のサービスだ。時々、飛行機がゆれるたびに盆をもったまま、足をふんばらなくてはならない。眼のまわるような忙しさだった。

食事のあと始末を終えるとホッとする間もなく、パーサーが、

「免税品の販売だ」

と特に泰子を指名した。訓練生にたいする特訓である。

香水や洋酒が機内では免税で安く買える。真珠やアクセサリーも用意されている。

「姉ちゃん」

うしろから彼女の腰にさわって中年男の声がした。

「日本の煙草も安く買えるのかね、姉ちゃん」

「はい。さようでございます。今、ここに用意してございませんから、のちほど、持ってまいります。何がよろしゅうございますか」

「ピースや」

一通り機内を一巡してから、泰子はピースのカートンを用意してさっきの席に行っ

た。

「ピースでございます」

「うん、いくらや」

つり銭を受けとってから、この中年男は、また、泰子の腰をゆっくり、なでた。

「なにを、なさるんです」

思わず、キッとして睨《にら》みつけると、

「何や。何、言うとるねん」

と相手はとぼけた。

「変なこと、なさらないでください」

まわりの席から笑い声が起った。どうやらこの中年男とその周囲は皆、同行客らしかった。

「生意気やな。スチュワーデスのくせに」

「スチュワーデスのくせに、とは何ですか」

潔癖な彼女はどうしてもこういうことは許せなかった。騒ぎを聞きつけてパーサーがとんできた。

「どうしたんです」

「どうしたも、こうしたもあるかい。このスチュワーデスがぼくに喧嘩《けんか》、売りよるんや」

「売ったんじゃなかとです」

思わず、故郷の言葉が口から出て、

「このお客さんがいやらしかことばするけん」

「君、向うに戻りなさい」

パーサーは泰子にそう言って、

「まことに申しわけございません。何分、このスチュワーデスは訓練生のため、不行届きの点もございます。お許しください」

と中年男に頭を丁寧にさげた。

「訓練生か」

「さようでございます」

「すると、君のところでは客に喧嘩をふっかけるよう訓練をしとるんか」

「決してそんなことはございません。本人にもよく言いきかせますから」

泰子が化粧室の前で口惜泪《くやしなみだ》をふいていると、パーサーが戻ってきて、

「おい。元気をだせ」

とポンと肩を叩いた。

「わたしが、悪いんじゃないんです」

「そんなこと、わかっている。しかし、これも訓練だ」

「こげん訓練なら、したくなかとです」

「いろんなお客さまに、いろんな形で気に入って頂くのが我々の仕事だよ」

しかし泰子は不服だった。いくら相手がお客でもあんないやらしい真似《まね》をされたら張りとばしてもいいと思った。

間もなく機内のあちこちの灯が暗くなりはじめた。まだ話をしている客もいたが、そろそろ眠り支度にかかる人が多くなったのである。

泰子たちがそれぞれに毛布をくばって歩いていると、

「あの……」

と一人の青年が不安そうに、

「この飛行機にお医者さまはいないでしょうか」

とたずねてきた。

「どうなさいました」

先輩スチュワーデスがたずねると、

「女房のお腹《なか》が痛みだしたんです」

「お薬もって参りましょうか。機内にも胃腸薬は用意してございます」

「じゃないんです」

困ったように青年は首をふって、

「どうも女房は、お産のようです」

そういえばパックのなかにお腹の大きな女性がいるとはパーサーから皆に指示があったがまさか臨月直前とは思わなかった。

「予定日にお近かったんですか」

「いや、八カ月です。でも、はじめて飛行機にのったので、そのショックで……」

泰子たちがのぞくと、なるほど、毛布で体を包んで、汗ばんだ顔をくるしげに横に傾けて彼の妻が眼をつむっていた。

「すぐお医者さまを探してみます」

「アンカレッジまで、あと何時間ですか」

「四時間です」

窓の外は真黒な闇《やみ》だった。時々エンジンから火の粉がとぶのが見えた。

「お休みのところ、申しわけございません」

マイクを握った先輩スチュワーデスが機内の客に放送をはじめた。

「どなたか、お医者さまがいらっしゃいませんでしょうか。いらっしゃいましたら、恐れ入りますが、コール・ボタンをお押しねがいます」

眠っていた客たちがざわめいた。そのなかから一人の中年の紳士が席をたって、

「ぼくが医者だが……」

と泰子に声をかけてきた。

「この方がどうか、したのかね」

「産気が急につかれたようなんです。お腹が痛いとおっしゃって」

「え、陣痛？　困ったな。こんな機内じゃ。それにぼくは産婦人科じゃないし」

「とにかく、御覧になってください。お願いします」

医者は夫を席から立たせて、そこに坐《すわ》ると妊婦に色々と質問をしていた。

「間隔がまだあるから、アンカレッジまで保《も》つと思うがね。とにかく、救急車をすぐ出すよう手配できますか」

「いたします」

「それから万一のことを考えて……、そう、カーテンをしきった場所を一つ、作ってくれたまえ」

「それが……今日はどの席も満員なんです」

「じゃあ」

医者は、一寸考えて、

「カクテル・ラウンジのトイレを使おう。トイレを一つだけ、使用禁止にしてくれたまえ。そして、そこを今からきれいにしておいてくれないか」

パーサーやアシスタント・パーサーたちも集ってきた。医者は自分の手さげ鞄《かばん》から白い丸薬を出して、

「とりあえず、これを飲んでください、鎮静剤だが……」

と妊婦にわたした。

一等用のカクテル・ラウンジに彼女を二人のスチュワーデスが両側から支えるようにして連れていった。そこで酒を飲んでいた四、五人の客も心良く退席してくれた。

「訓練生の搭乗にしては」

とさっきのパーサーが泰子に言った。

「大変な経験をしたね」

「はい」

「もう機嫌は良くなったか」

「はい」

「じゃあ、頑張ってくれたまえ」

アンカレッジまでの飛行は朝が早くやってくる。時差の関係である。四、五時間も眠っていない客に朝のジュースをくばっていると、

「赤ちゃん、生れたのか」

とたずねるお客もいた。三時間前の騒ぎをみんな、知っているらしい。

「いいえ、まだのようです」

「生れれば、それもめでたいね」

「でも、アンカレッジまで何もないように祈っているんです」

やがて雪をいただいた山々や落葉松《からまつ》林が眼下にみえはじめた。アンカレッジである。別荘風の家々の煙突から煙があがっている。

「早く着陸してほしいわ」

と先輩スチュワーデスが泰子にささやいた。

「ハイジャックより、胸がドキドキするわ」

地面が次第に近くなる。滑走路が右にのびている。ガタンという衝撃と共に機体は

そのまま滑走路を滑り出す。機内から拍手が起ったのは非常事態にならなかったためであろう。みんな窓に顔をあてて、白い救急車が近づいてくるのを注目している。

やがてスチュワーデスと夫とに助けられて妊婦がカクテル・ラウンジからおりてくると、

「頑張んなさいよ」

「よかったですね」

という声援が左右から飛んだ。蒼《あお》ざめた彼女は夫と共に礼を言いながら機に入ってきた看護婦と若い医者につれられて去っていった。

トランジットの客たちが飛行場の建物のなかで買物をしている間、泰子たちはまた詰め所でパーサーからの指示を受けた。それがすむと四十分ほど自由である。

白雪に覆われた山々が建物の広い窓から見わたせる。広い森も別荘風の家々もいかにもアラスカに来たという思いを泰子に起させた。

（スチュワーデスになって、やっぱり、よかった）

と彼女はひとりで微笑《ほほえ》んだ。山や森を見ながら自分の故郷の小さな風景のことを思いだした。今頃、父親は何をしているだろう。時差の関係があるので日本が何時かわからない。

絵葉書を何枚か買って父や雨宮先生に便りを書いた。最後に残った一枚は水谷トシ宛で、

「アンカレッジにつきました。今度のフライトは赤ちゃんがお腹にいるお客さまがいらして大変でした」

と万年筆を走らせた。

アンカレッジからフランクフルト、フランクフルトから巴里《パリ》までの飛行機は穏やかで静かだった。

「巴里ははじめてかい」

オルリイの飛行場が近くなった時、パーサーたちにそう言われた。

「そうか。はじめてなら、うんと満喫するんだな」

だが巴里は雨がふっていた。税関をすませ、うち合わせがすんだあと、搭乗員《クルー》だけのバスでホテルに向った。はじめはここが巴里かと思うほどまわりはよごれて汚なかったが、やがて絵葉書や写真でみた巴里の街が眼の前にあらわれた。雨にぬれたマロニエの葉に街燈の光が反射して、カフエのテラスではたくさんの男女が腰かけている。映画館の前では長い行列ができていたので、看板をみると東京でもやっていた「大地震」という映画だった。

「この国じゃあ、地震なんかないからね」

とパーサーが、

「それで珍しいんだろう。あっ、ノートルダムがみえた」

指さす方向にはセーヌ河が黒くながれ、ゴシック式の教会が大きく夜空に浮かびあがっている。これも日本にいた時、よく写真でみた風景だった。

「明日は晴れてくれますように」

と先輩スチュワーデスがその教会に向って手をあわせた。

搭乗員のとまるホテルはセーヌ河にそった小さなホテルだったが四つ星の看板が出ていた。巴里のホテルは看板の星の数の多さで格式がわかるのだと、これもパーサーの説明である。部屋割りがきまって自分の室に入ると、ベッドの上に小さな箱がおいてあった。仏蘭西語《フランス》はよく読めないが絵でそれが電気マッサージ器だとわかった。このホテルには日本人の搭乗員たちが泊るので、そんな日本人向けのサービスを考えたにちがいない。

厚いカーテンをそっと開くと、向う側にさっき見たと同じようなカフエがあった。洒落《しやれ》たスポーツ・カーが一台、その前に停っていて硝子《ガラス》ばりのテラスのなかで一組、中年の紳士と映画女優のような女が椅子《いす》に腰かけている。紳士は時々、女にむいて何か話しかけ、女は笑った。何でもないその風景も泰子は巴里らしい、と思った。

バス・ルームに入るとチョコレートのような紙に包まれた石鹸《せっけん》がおいてある。香料の匂《にお》いがとても良かった。ただ、トイレのほかに、トイレでもない、トイレに似たものが置かれていて泰子にはそれが何のためにあるのか、わからなかった……


翌朝、晴れていた。倖《しあわ》せな気持で洗面をすませ、小さな食堂におりた。

「君たちは今日は、どうする」

とパーサーにたずねられたスチュワーデスたちは、

「夕方まで適当に買物をしたり見物してきます」

と答えた。今夜、八時半に飛行機はモスクワ経由で東京に帰るのである。

「だから六時にはこのホテルを出発する。遅れないように戻ってこいよ」

そう注意され、先輩スチュワーデスにメトロの乗りかたや色々な店屋を教えてもらってから泰子は一人でホテルを出た。

何処《どこ》に行こう。折角、巴里に来たのに八時間ほどの余裕しかないのが残念だったが、ともかく、ぶらぶらと歩いてみることにした。

ホテルをセーヌ河の河岸まで行くと、そこはアナトール・フランス通りだった。対岸に白っぽい大きな館《やかた》のような建物がつづいていたので、地図でみるとそれが有名なルーブル博物館である。

河岸にそってコンコルド広場まで行った。そこからマドレーヌ寺院を前にみてチュレリー公園に入った。ベンチで婦人たちが編物をしたり、子供を遊ばせている。マロニエの樹の下で子供たちが走りまわっている。

コンコルド広場というのはあの仏蘭西革命の時、多くの貴族がギロチンで殺された処刑場だということは泰子も知っていた。マリー・アントワネット王妃もここで死んだのである。

そんな陰惨な思い出の翳《かげ》は今の広場にはない。うつくしい街燈《がいとう》がたくみに配置されたその広場をさまざまな形をした車が走りまわっている。

そのコンコルド広場を今度はマドレーヌ寺院に行ってみた。ゴシックの教会にくらべて優雅そのもののこの建物はナポレオンの妃が祭られてある教会である。この寺院の周囲には一番の高級店が並んでいると本で読んだこともあった。そういえば店々のたたずまいもショウウィンドーの飾りつけも、あかぬけがしていて東京の並木通りの店々も一寸《ちよつと》、ここには及ばない感じである。

くたびれたので、すぐ近くのカフエのテラスで休んだ。ボーイが、

「マドモアゼル」

と注文をとりに来た。少しおなかがすいていたので、ハンバーガーをたのみたいと思って英語でそう言ったが、相手には通じなかった。相手がペラペラという仏蘭西語も泰子にはよくわからない。

困っていると、奥の席に腰をかけていた中年の東洋人の紳士が近づいてきて、

「お助けしましょうか」

と言ってくれた。

「ハンバーガーはないそうです。どうします」

「すみません。はじめてなので何を食べていいのか、わからないんです」

「じゃあ、私の席にいらっしゃい。私も今、昼食をとりにここに来たところですから」

その温厚な微笑に安心して泰子は紳士のテーブルに移った。結局、仔牛《こうし》のカツレツを食べることになった。

「そうですか。スチュワーデスをおやりですか」

と紳士はうなずいた。

「私も四日前、巴里についたばかりですが昨日まで仕事があって、やっとそれがすん

だので明日、戻るのです」

「東京にですか」

「いいえ」

紳士は微笑しながら首をふって、

「印度のニュー・デリーです。私はそこの国際救癩《きゅうらい》本部で働いているのです」

そう言って彼は名刺入れから横文字の印刷をした名刺を出して泰子にわたした。

なに気なく受けとってその字を見た彼女は、

「あッ」

と声をあげた。その名刺には Katsuyuki Onchi 恩智勝之という名が書かれていたからである。

「どうなさいました」

「いいえ」

彼女はこの上品な顔だちをした紳士をじっと見つめて、

「恩智さんはひょっとして、昔、関西にいらっしゃいましたか」

「ええ」

不審そうにうなずいて、

「大阪と神戸との間にある甲東園というところにいました。学生の頃ですが。しかし、どうして……」

「私の母がお宅のお向いに住んでいたのです」

恩智の顔色が変った。それから、

「じゃあ、あなたは……」

と言って、そのまま絶句した。

ハンドバッグをあけて泰子は定期入れから母のむかしの写真をとり出した。赤ん坊の頃の泰子をだいて庭に立っている彼女の写真である。

「母です……」

恩智は長い間、この写真をみつめていた。それからくるしそうに、

「亡《な》くなられた、ということは風の便りで聞きました」

「病気で入院している時、私が大きくなったら読むようにと、長い手紙を残してくれたんです」

こみあげてくる熱いものをのみこんで、

「恩智さんのことも書いてありました」

眼をつぶり、恩智は幾度もうなずいた。手紙の内容をかいつまんで泰子が教えると、

「そう……そう……」

　とくりかえした。

「恩智さんと母とが大事にしていた秘密の場所は、私も見てきました」

「秘密の場所？」

「ええ、逆瀬川のちかくの渓流と林とのある場所です」

「あそこが、まだ、残っていましたか」

　恩智はびっくりしたように眼を丸くしてたずねた。そして泰子の返事をきくと嬉《うれ》しそうに顔を赫《かがや》かせた。

「少し、歩きましょう。歩きながら話を聞かせてください」

　泰子はうなずいてハンドバッグをとりあげると恩智と肩をならべて店を出た。

　チュレリー公園からシャンゼリゼに向って歩きながら二人は母のことを語りあった。なぜ、母と結婚なさらなかったのですかという質問が泰子の咽喉《のど》にひっかかっていた。

　ひろいシャンゼリゼの通りは、たくさんの観光客たちで溢《あふ》れていて、そのなかに日本人の顔も多かった。恩智と並んで歩いている泰子は自分たちが父と娘とに見えるだろうと思った。

「あれが凱旋門《がいせんもん》ですよ」

シャンゼリゼ通りの端にみえる白い華麗なアーチを指さして恩智は泰子に教えた。

「しかし、ここはまあ、お上りさんの来るところのようです」

「印度にはもうお長いのですか」

恩智はもう十年も印度にいると答えた。

「なぜ、印度で住み、こんな仕事をしているのか、考えることが時々あります。おそらくそれは……」と彼は言葉をきって「戦争とあの逆瀬川の秘密の場所の影響でしょう」

「影響？」

「ええ。戦争で私もあなたのお母さんも悲惨なものを見て青春を送ったんです。戦争が終って復員した時、私は自分がこれからどう生きようかと思いました。この世から悲惨なものを少しでもなくすための一つの石になりたいと考えたんです。美しいことと善《よ》いことがいつまでも信じられるようにと思いましてね」

美しいことと善いこと……母の手紙のなかで度々、使われていたあの言葉。それを恩智の口から今、耳にした時、泰子は胸つかれるような感動にうたれた。

「恩智さんのお家族は？」

「残念ながらまだ独り者なんです。いや、いや、別に結婚反対論者じゃありません。

ただ、いつのまにかそうなってしまったのです」

　凱旋門を通りぬけ、ヴァレリイ街を歩き、トロカデロ広場に出た。広場の端の二つの美術館の間からは眼下にエッフェル塔に集まる人々の群やセーヌ河や河を上下する白い船がみえた。ベンチに腰かけ恩智は、

「帰国なさったら……お母さんの御写真、一枚、送って頂けないかな」

と微笑しながら呟《つぶや》いた。泰子はハンドバッグの写真をとりだし、

「これでおよろしかったら」

と言った。恩智は少したあらったが、

「有難う。こんな嬉しいことはない」

　と礼を言った。

　時計を見ると四時半をすぎていた。六時にホテルを出発とパーサーに言われた以上、もうホテルに戻らねばならぬ。

「送っていきましょう」

　タクシーをとめて恩智は泰子をのせ、その横にすわると、

「手紙をください。それから、もしニュー・デリーに来られるようなことがあったら前もって連絡してほしいな」

「ええ」

「人生はやっぱり生きていてよかった。こんな偶然ということもあるのだから」

ホテルの前に車がとまると、彼は窓ごしに見送る泰子の顔をじっと見つめていた。そして急に窓をあけて、

「あなたは……　母上によく似ていらっしゃる」

と呟いた。

車が消えるまで泰子はそこにじっと立っていた。もう二度と恩智に会えぬかもしれぬ。しかし一度でも彼を見ることで自分の長年の宿題が果せたような気がする……

その夜、八時半、泰子たちの飛行機は巴里をとびたった。東京を離陸した時と同じように、ダイヤをまきちらしたような光が眼下に散らばっていた。

（色々な人がいる。色々な生き方がある）

彼女はその光をながめて恩智のことを考えた。水谷トシのことを考えた。そして行方不明の西宗弘のことを考えた。

発覚

午後の陽が窓から強くさしこんでいる。昼食の休みをすませたあと、皆は眠気をこらえながら仕事をつづけていた。

和文タイプの音がリズミカルに鳴り、時々、あち、こちから電話のベルがひびく。

水谷トシは預金者名簿から有田文江という名をえらんだ。その女の支払伝票の字体と判の形をじっと眺めた。有田文江をえらんだのはサインの字体もありふれていて、何処《どこ》にでも売っている三文判を使っていたからである。

彼女は上眼づかいに長岡課長を見た。うつむいたその頭に陽がさしている。頭の天《てっ》辺《ぺん》は毛がうすくなって地肌が少し露出している。

誰も自分の仕事に熱中していて、トシの動きを知らなかった。彼女は引出しをあけて有田文江の支払伝票をそっとなかにすべりこませた……

その時、胸に、釘《くぎ》をうちこまれたような痛みを感じた。同僚の誰かが今の行為に気がついたのではないかと思うと、ペンを持つ手が震えた。彼女は退社時刻がくるまで、ほとんど、自分の仕事に身が入らなかった。

「持ってきたか」

その夜、喫茶店で星野と小西は、かくれるように扉を押して姿をあらわしたトシにそうたずねた。それから手渡された伝票を見て、

「うん。よか」

とうなずいた。トシは、

「もう、こいだけよ。これ以上、わたし、こわくて、しいきらん」

「わかっと、わかっと」

星野はいたわるようにトシの肩をなでて、

「小西さん。こいつばほめてやってくださいよ」

と促した。

翌日、小西が有田文江の約束手形を偽造して金の引き出しにやってきた。何も怪しまれず、三十万円の金が小西に支払われた。

日曜日にその小西が車に星野をのせてドライヴに誘いにきた。

「六甲にでも連れていってやろうか、と小西さんが言うてくれとる。早う、支度せん

ね」

部屋まで駆けあがってきた星野はびっくりしているトシに、

「色々、苦労かけたもんな」

入口の柱にもたれて急にしんみりした口調で言った。

星野がみせるこの優しさをトシは時々、憎いと思うことがあった。そんな優しさよりも、まともに働いてくれるほうが、よっぽど良いのだ。

にもかかわらず、彼の優しげな口調を聞くと彼女はつい、それに負けてしまう。負けてしまう自分がこわかった。

「六甲?」

「ああ、六甲に行って楽しく遊ぼう」

「わたし……海ば見たかあ」

「海?」

「長崎のごたっ海の見たかあ。小西さんに、そんげん言うてくれんね……」

星野は小西にそれを告げにいった。ハンドルに手をおき、サングラスを気障《きざ》にかけた小西は、

「ふうん」

とうなずいて、

「しかし、海いうても、今はどこも汚染されとるさかいな。明石や須磨ももう、あかんわ。なんなら室津《むろつ》のほうまで行こか」

と座席においたドライヴ用の地図を膝《ひざ》にひろげた。

車は名神に入り、神戸から岡山まで向うハイウエイを走った。明石、須磨を通過するとそこから赤松の林の多い丘陵が左右にみえる。長崎の周りとはちがった関西の風景だがそれでもトシにはあの狭苦しいアパートや、アパートの窓から見えるセメントの建物から解放された気持だった。

「室津は梅の名所や。今はあかんけどな」

小西はサングラスをとりながら説明した。

「海がみえるんですか」

「そりゃ、そうや。漁港やさかいな」

なるほど、しばらくすると遠くに白く海が光りはじめた。瀬戸内海のおだやかな海である。

「思いだすねえ、島原に行ったこと」

とトシは星野に話しかけた。

「あの時も小浜に近うなると、こげんに海の遠く見えたもん」

「ふうん」

星野はつまらなさそうに、

「昔のこと、よう憶《おぼ》えとるね」

「星野さん、忘れたと？　あん日のこと」

「忘れんよ」

彼は面倒臭そうにうなずいて、

「こいつ、ぼくらが初めて会うた時のことば話とるんです」

と小西に教えた。

「さよか。ほんま、女は牛みたいやな」と小西は「牛そっくりやで」

「なんでですの」

「だって、そやないか、一度、くうた食べものを、また、胃袋から出してモグモグとやっとるのが女や。男は食うたもん、外に出して、もうケロッとしとるけどな」

トシには自分たちにとって大事なあの島原のことに星野が無頓着《むとんじやく》なのが淋《さび》しかった。

「そう、そう。あの人、どげんしとる」

「だれ」

「お前の友だちよ。スチュワーデスになった人」

「早良さん？　元気らしかよ」

「可愛《かわ》いか娘だったけどな。小西さん。いつか、紹介しましょうか」

「別品《べつぴん》か」

「よかおなごだ。保証します」

星野は小西の機嫌をとるような言い方をする。トシはそれが何となく嫌だった。

車はハイウエイをおり、姫路の郊外をぬけて海ぞいの路を走った。魚くさい匂《にお》い。網をほした浜。そしてつり舟、漁船と看板を出した黒っぽい家々。それらはトシに自分の故郷の町を思いださせた。窓に額をおしあてて彼女はあかず、そんな町を眺めた。父や母や弟たちの顔がまぶたに蘇《よみがえ》って、思わず泪《なみだ》が出そうだった。

「室津だ」

崖《がけ》にそった自動車道路はくねくねとまがり、眼前に銀色の海が拡《ひろ》がっていた。そしてやがて路《みち》がくだると室津の漁港がみおろせた。長い岬《みさき》が両腕のようにかこんだ穏やかな漁港だった。

「どこぞで飯でも食おうか」

車をとめて小西は通りがかった主婦に魚をくわせる家はないかとたずね、旅館を教えてもらった。港のうしろの小さな旅館だった。

二階に通されて小さな座敷でビールと刺身をとった。窓ぎわに腰かけて港をじっと眺めているトシに、

「おい、小西さんに、酌ばせんね」

と星野は命じた。

「まあ、ええがな。今日は奥さんがお客や。なんせ、あんなやばいこと、してくれたんやからな」

と小西は笑いながら眼くばせをした。

「奥さん。こんな時に、またお願いするのは何やが……もう五十万円ほど都合してもらえませんやろか」

「五十万円？」

「月末にはこの間の三十万とあわせて八十万、ちゃんと耳をそろえて渡すからな」

と星野が横から口を入れて、

「どうせ、ついでやないか。一度したことやから、二度やっても同じだ」

「なあ、たのみます」

小西は真面目《まじめ》な顔をして手をあわせた。

「ぼくとぼくの友人の合同でやっている商売で今、八十万ないと、ちいとまずいことがありましてな」

「どうしてですの」

「ぼくら、今、スパイスの仕入れをしてますんや。スパイス、言うたら知ってますやろ。ライスカレーの元《もと》になるもんや。その仕入れに少し金が入りますねん。安う分けてくれる人がいましてな。原料さえ、手に入ったらこれを買うという大口の食料品屋もありますのや。そしたら、かなり儲《もう》けられますすねん」

トシは眼にいっぱい泪をためて星野の顔をじっと見つめた。星野はあわてて視線をそらし、

「なあ、小西さんのため、一寸《ちいと》、骨ば折ってくれんかね」

と呟《つぶや》いた。

黙ったままトシは部屋を出て、旅館の手洗いに行った。泪をふいて玄関で靴をはいた。

「お帰りですか」

「いえ」

そう答えて彼女は魚くさい路を歩いた。白い干魚《ほしうお》をつるした家々の間に石段が海べ

りまでおりている。その海べりの大きな石に腰かけて彼女はぼんやり岬に眼をやった。

(故郷《くに》に帰んなさいよ)

泰子の声が聞えるようだった。

(あの星野さんと一緒だと、あなた、結局、目茶苦茶になるとよ)

本当だとトシは自分でも思った。一度だけと約束をあれほどしながら、今日はまた、五十万円を小西のために渡すことを奨《すす》めている。そして次々にと同じことを自分にやれと言うにちがいないのだ。

岸壁につながれた漁船には人影がない。藁《わら》くずの浮いた小波《さざなみ》がピチャ、ピチャと音をたててその漁船にぶつかっている。

足音がした。ふり向かなくても、それが星野だ、とわかっていた。

星野は何も言わず、彼女のそばに立って入江を凝視して、

「お前、怒っとっとやろうな」

「…………」

「怒るのが当然だと俺も思うとる。悪かったと思うとる。さっきの話、小西さんには断わってもよか」

トシは黙ったまま、彼の言葉を聞いていた。

「お前が今、心のなかで考えとること、よう、わかるよ。俺と……別れよう、そげんに思うとったとやろ」

それから何か決心したように、

「別れようか」

とつぶやいた。

「本気言いよっと」

とトシは顔をあげて低い声でたずねた。

「俺は……別れとうないよ。お前のことがどんな女よりも好いとるけんね。でも俺とこげん風に生きとったら、お前は迷惑ばかりしよる。俺は弱か。弱か男やけん、お前にいつも辛《つら》か思いばかりさせとる。別れたほうがお前のためかもしれん」

「別れて……わたしはどうすればよかとですか」

「故郷に戻れば。まだ、お前は若かもん。これからまともな結婚ばしようと思えば、できるさ。俺のことすっかり忘れて倖《しあわ》せになったがよか」

「それで……星野さんは？」

「俺か」

彼は寂しそうに笑った。

「俺はどんげんでもなるよ。何とか生きていくよ。でも……お前のこと、忘れんぞ。一生、忘れんぞ」

「嫌っ」

突然、体をねじるようにしてトシは叫んだ。

「嫌。別れるのは嫌」

星野の言葉がどこまで本気なのか、トシにはわからなかった。しかし今、この男と別れて、彼の言うように故郷に戻っていく自分の姿は考えるだけで耐えられなかった。

「わたしのこと、好きやったら、冗談でもそげん言葉、口に出さんでくれんね。星野さんと一緒になって、人からうしろ指ばさされても、それは、わたしの選んだ人生やもん。わたしの勝手よ」

「お前、何ば言うとか」

「わたし、他人から非難されても平気よ。星野さんがもし警察につかまることのあったら、わたしも一緒に行くもん」

「なぜ」

「なぜ？　女って、そげんもんよ。わたしは……女やもん」

トシはその時、なぜか突然、早良泰子の顔をまぶたに思いうかべた。そう、今頃はスチュワーデスの制服を着て、ヨーロッパに向う飛行機に乗っている友だち。飛行機が予定地に真直《まっすぐ》、進むように人生を決して狂わせない友だち。その友だちと自分との違いをトシははっきりと感じた。

その夜、神戸に戻ったあと、星野はトシのアパートに泊った。彼におおいかぶされながらトシははじめて性の悦《よろこ》びを感じた。どこか遠くで火事があるらしく、消防車のサイレンの音と犬の吠《ほ》える声がかすかに聞え、星野の小肥《こぶと》りの体の下でトシは鋭い声を二度、三度とあげた。

長岡課長がたちあがって、

「水谷君、一寸《ちよつと》」

と眼で廊下に出るように合図をした。

トシは体中に電気が走ったように震えて、

「はい」

と答えた。

この頃、ずっと長岡課長に声をかけられるのがこわかった。だから視線があうのをできるだけ避けるようにしていた。

彼は先にたって廊下に出た。髪のうすい後頭部に地肌が露出して、歩く姿は鶏をみんなに連想させる。

「一寸、話がある」

「水谷君」

ふりかえって、

「どうだ。仕事はおもろいか」

と誰もいない廊下で訊《たず》ねた。

「はい」

体も顔も強張《こわば》らせてトシが答えると、

「そうらしな。正直いうと、始めのころは勤まるか思うて心配しとったくらいやで。最近はミスもなくなったし、安心しとるのや」

それから彼は上衣のふくれあがったポケットからセブンスターを取りだすと、

「実はな」

ライターで火をつけて煙を吐きだしながら、

「見合をする気ないか」

と言った。

「いつか、課長さんを頼りにしていますと、君、言うたやろ」

「はい」

「そう言われたから、こっちもその気になっとるんだが……実は俺の甥《おい》でな。今、大阪の証券会社におるんやが、酒も飲まん、煙草《たばこ》もすわん。貯金だけが趣味や、という真面目な性格やねん。どうや一度、見合してみる気はないか」

「わたしがですか」

トシはホッとしながら、しかし新しい困惑を感じて、

「ほかに、いい方《かた》が会社にたくさん、おられますでしょ」

「あかん、どれもこれも我儘《わがまま》で、年輩者の眼から見ると失格やね」

「加藤さんは？」

彼女は隣席で和文タイプをうっている同僚の名を口に出した。

「加藤君は許婚者《いいなずけ》がおるんや。君はいつか恋人などおらんと言うとったね。だから考えたわけや」

「はい」

「ほんとに恋人などおらんな」

「おりません」

考えさせてください、と言うと長岡課長はうなずいて、

「このこと、誰にも口にせんといてくれな」

とふたたび、うつむき加減で事務室に戻っていった。

「なに、言われたの」

トシが席に帰ると、隣席の加藤初枝が小声でそっときいた。そして黙っていると、声を更にひそめて、

「甥と見合しろと奨められたんとちがう」

「ええ」

「やっぱり。わたしも前にそう言われたのよ」

「それで」

「許婚者がいると断わったわ。ほんまは、そんな、ええ人、おらんけど。酒も飲まず、煙草もすわず、貯金ばかりが趣味なのが課長さん、自慢らしいけど、そんな男、まったく魅力ないわ」

「そうね」

そうね、と答えたがトシの心のどこかで、ふっと、そんな過《あやま》ちを決して犯さないであろう男との生活に心ひかれるものがあった。星野と同じように小心な性格だろうが、

小心ゆえに平凡な人生を送るような男。トシはあれ以来、平凡な一生に憧《あこが》れていた。何もない、何も起らないような生活を……

「で、どうするの。見合するの」

「断わるわ」

星野を棄《す》てて生きることはもう、今のトシにはできなかった。星野と一緒にいることが自分の破滅につながることは百も承知していながら、彼を見棄てるわけにはいかなかった。自分のほかにあんな男の世話をする女がいる筈《はず》はなかった。

「そうやったら気をつけなさい。断わられると課長さん、しばらく意地悪するさかいにね」

長岡課長の性格から言うと、そういう意地悪をするだろうとトシも思った。

トシはその日、会社の帰り、酒屋に寄ってウイスキーの瓶《びん》とおつまみを買った。室津に出かけてから、星野は前よりもたびたび彼女のアパートに来るようになった。泊る回数も多くなった。外から見ると二人はまるで若い夫婦のようだった。

「今日ね」

その夜、買ってきたウイスキーを飲んで、顔を真赤にしている星野に、

「わたし、見合しろ、と言われたとよ」

と教えると、彼の眼がキラリと光り、

「だれに」

「課長さんに。課長さんの甥と見合せんかって」

「どがん奴《やつ》か」

「とっても真面目《まじめ》か人で、証券会社のパリパリげな」

トシはわざと星野の嫉妬《しっと》をかりたてるように嘘《うそ》をついた。

「大学も優秀な成績で出とるとよ」

「で……お前、なんて答えた」

「まだ、何も答えとらんよ。どげんしようかなあ」

トシは星野の顔が嫉妬でゆがむのを見て、おかしく、嬉《うれ》しかった。この男はやっぱり自分を愛していると感じると悦びが胸にゆっくりのぼってきた。

「見合しようかなあ」

とトシは、じらすようにひとり言をいった。

「すれば、よか」

「しても、かまわんとね」

星野は恨めしそうに彼女を横眼でみた。お菓子をとりあげられた子供のような顔だった。

同僚の加藤初枝が教えてくれたように、この見合を断ったあと長岡課長はふたたびトシに不快そうな顔を見せるようになった。

「この伝票の数字が、よう読めんやないか」

些細《ささい》なことまで自分の机によびつけて、

「数字というのは一つでも違うと、あとの計算に狂いがくるんやで。近く本店からの監査があるというのに、困るやないか」

とガミガミと叱《しか》った。

「やっぱり当ってくるわね」

と席に戻ってきたトシに隣席の加藤初枝が慰めてくれたが、トシは頭のなかが混乱していた。長岡課長に叱られたことではなく、たった今、その口から本店の監査があると聞いたからである。

「監査ってなに？」

「ああ」

トシより二年前にここに勤めている初枝は事もなげに、

「本店から支店の帳簿や伝票に間違いないか、調べにくることよ」

「きびしいの」

「人によってやなあ。きびしい時もあるし、きびしくない時もあるし。そやけど間違いがあっても叱られるのは課長さん、係長さんたちやから、心配せんでもいいの」

監査がくれば当然、有田文江の預金から金が無断で引き出されていることが発覚する、かもしれない。トシはまたしても胸に釘《くぎ》をうちこまれたような痛みを感じた。手をうたねばならない。引き出した穴を監査の前に埋めておく必要があるのだ。

昼休みに彼女は急いで公衆電話から星野に電話を入れた。

「そうか」

憮然《ぶぜん》とした顔で星野は答えた。

「すぐ小西さんに連絡ばする。何としても金ばつくらんばならんし」

トシが星野と小西のために引き出した金は既に八十万をこえて百万円になっていた。三十万は星野のために七十万はスパイスの原料を買いつける小西のためだった。小西がそれで儲《もう》ければ星野の三十万円をすぐまわして返すという約束になっていた。

夕方までには返事をくれるという筈だったのに、それっきり退社時刻まで星野から電話はなかった。

その夜、いつもとは違って星野はアパートに姿を見せなかった。小西と金策に飛びまわっているのだろうと思ったが、一人でアパートの暗い灯の下に坐《すわ》っていると何ともいえず心細い。神戸港から船の汽笛の音がひびいた。

翌日、もう一度、電話をかけてみた。

「それが、あいつ、急に行方不明になったと」

「行方不明に」

「多分、金をつくりに何処《どこ》かに出かけたと思うとっとやけど……行先のわからんとよ」

星野は心細そうな返事をした。

「でも、お前が心配せんでもよか。万一になれば高利でも何でも金ば借りてくるけん」

「小西さんと連絡のついたら、すぐに電話ちょうだい」

仕事の最中、彼女は間もなく自分のやったことがすべて発覚する瞬間を考えた。警察の人が来て、この机のなかを調べ、それから皆の視線を受けながら引きたてられていく。あの金はどうしたのだと問いつめられる。何を買ったか。何に使ったかと聞かれる。みんなはわたしが洋服やアクセサリーを買うために横領したと思うにちがいない。しかしわたしは一円だってその金を使ってはいないのだ。わたしはただ、星野さんを助けるためだけに……

そう思うと彼女は声をあげて泣きたかった。急いで机を離れ、化粧室にいった。掃除のおばさんがちょうどモップを動かしている最中だった。

「嫌やねえ。いくら言うてもここの女子社員はあれを便器で流すんやからね。つまって、ほんまに困るわ」

おばさんはまるでそれがトシの責任のように小言を言った。泣声をきかれたくないので、水をながしながら泪《なみだ》をふいた。

部屋に戻ると長岡課長が不快そうな視線をこちらに投げた。

「どうしたの」

と加藤初枝がそっと、

「眼が赤いわよ。また嫌味でも言われたんとちがう？　課長さんに」

「いいえ」

二日たっても三日たっても小西の行方はわからなかった。

五日目に監査があるという噂《うわさ》を知った日の昼休み、星野とトシとは落ちあった。

「もう、小西ば探しても無駄ぞ。俺は今夜、長崎に戻って借金してくるけん」

「出来るね？」

「ほかに方法はなかばい。お前の父さん、貸してくれんやろか」

「百万円はとても無理。二十万ぐらいやったら何とかなるかもしれんけど」

汽車賃が手もとにないからと言って星野はトシの財布にあった金を借りた。

父には自分が倖《しあわ》せであるように言ってほしいと、トシは星野に念を押して頼んだ。両親や兄弟をすてて神戸に家出をした彼女は勘当同然の身になってはいたが、それでもこんなにみじめな姿を家に知られたくはなかった。

「ほんとにそのお金はわたしの歯の治療代て言うてよ」

「わかっとる。長崎について金ができたらすぐ戻ってくるけん」

その翌日、いつものように仕事をしていた。長岡課長は用があるのか席にはみえなかった。

あかるい陽のながれこむなかで、タイプの音や電話の響きが聞こえ、課長がいないせいか、皆は屈託のない顔で仕事に励んでいた。トシだけは重い気持で今頃、長崎を駆けずりまわっている星野のことを考えていた。

「水谷さん」

扉がひらいて秘書課の女の子が、

「すみませんけど、会議室に行ってください」

と言った。みんなの眼がいっせいにトシに注がれた。

その瞬間、来るものが来たという気持だった。心はうつろで、ふしぎなほど平静だった。

「はい」

彼女はボール・ペンをおき、髪に一寸《ちょっと》、手をやってから、椅子《いす》を離れた。女の子のあとから歩く廊下がいつもと違って、ひどく静まりかえり、長いような気がした。

「水谷さんです」

会議室の厚い扉を女の子があけてくれた。なかには長岡課長のほかに三人の男が腰かけていた。

「まあ、坐んなさい」

と三人の男の一人が言った。

「こちらは警察の方だが」

とその人はもう二人の男を紹介して、

「君は小西という男を知っているかね」

彼女は黙ってうなずいた。

「あんたと、どういう御関係ですか」

刑事の一人がもの柔らかな声でたずねた。

「友だちの友だちです」

「ほう、友だちの友だち。随分、複雑な関係やな。実はその小西という男が詐欺《さぎ》罪でつかまってね。取調べ中、あんたの名前がでてきたもんやから」

「…………」

「あんたは、この男に金を貸したんかね」

しばらく黙ったあと、

「ええ」

と彼女は答えた。

「その金はあんたの貯金から？」

「はい」

「ほう」

刑事は笑いながら卓子《テーブル》の茶を一口のんだ。

「小西はスパイスを買うというて、問屋をだまして現品だけかすめよったんや。しかし十万ほどは払うとる。あとの七十万はあんたから借りて払う手筈になっとったと言うておるんやが……もう貸したわけやな」

はめられたとトシは思った。

「それじゃ、すまんが小西の証文みたいなものがあるかね」

「ありません」

「へえ。あんた、証文もなしに人に八十万の貯金の金を貸すんか。それも友だちの友だちに……」

二人の女

泰子たちを乗せたニューヨーク発の飛行機は、十時すぎて雨の東京に戻ってきた。本当はもう少し早く到着する筈が、途中で濃霧にあい、三十分も遅れたのである。

くたくただった。このフライトの乗客は団体客ばかりだったから、年寄りや子供もまじっていて泰子たちスチュワーデスはいつもより忙しかった。

税関を通過し、控室に集合して報告や事務を終え、会社からの送りの車に乗った時は十一時少し前である。

雨で濡《ぬ》れた高速道路を走る車で泰子は疲れのため眼をつむった。睡魔がすぐ襲ってきた。

うとうとと眠っていると、運転手が車のラジオをかけた。

「神戸で愛人を使い、信用金庫の金を着服していた男が今日、東京のかくれ先で淀橋《よどばし》署に逮捕されました。この男は星野恒夫と言い、半年前から神戸の六甲信用金庫に勤める愛人の水谷トシと共謀し、預金者の金を引き出し……」

抑揚のない声でアナウンサーは今夜、最後のニュースを読んでいた。はじめ泰子は何の関心もなく、その声を聞いていた。やがて膝頭《ひざがしら》がガクガクと震えて、とまらなくなった。

(星野……　水谷……)

間違いではなかった。この二つの名をアナウンサーが読みあげた以上、それはあのトシと星野のことに違いなかった。

「ああ」

思わず声を出した泰子に、運転手がふりかえって、

「どうか、しましたか」

と訊《たず》ねた。いいえ、と答えようとしたが声が出なかった。

寮の近くに車をとめてもらって、彼女は公衆電話を使い、故郷の父に電話をした。寮の電話をかけて誰かに話の内容を聞かれるのが嫌だったからである。ながいコールの後、父の声が聞えた。その声を耳にすると彼女は思わず泣きそうになって、

「トシのことば、今、ラジオで聞いたとですけど、ほんとですか」

と喘《あえ》ぐように訊ねた。

「うん。困ったことになったぞ。町でもその噂で、水谷さんの家が気の毒でならんとばい。今日は店のほうばしめて、じっとしとんなさる」

泰子やトシの生れたあの小さな町では、こんな事件でも大騒ぎするにちがいなかった。小さな町だけにもう知らぬ人は一人もいないだろう。トシの両親や兄弟が外にも出られず、じっと家に引きこもっている様子が眼に見えるようだった。

「トシはだまされたとよ。あの子がどげん純情か、父さんなら、わかっとるとでしょ。みんなにトシのことば弁解してほしかとよ」

泰子は涙をポロポロ流しながら父親に水谷トシを助けてくれるよう頼んだ。少くともトシが心ならずもそんな事件を起したのだとあの町のすべての人に知ってもらいたかった。

その夜、寮の部屋で泰子は眠れなかった。さまざまなことが頭を通りすぎていく。ポプラの木の下を一緒に自転車通学した時のトシ。トシはおかっぱ頭で、

「あんた、舟木一夫《かずお》が長崎にくると知っとる?」

とたずねた。歌手や俳優のことしか頭になかったトシ。あんなに無邪気だったトシ。その彼女が星野を追って、雨の日、大村の飛行場から飛行機に乗った姿を泰子は忘れることはできなかった。

「わたし、幸福になるよ。泰子も倖《しあわ》せになってね」

とその時、彼女は言ったのだ。幸福という遠い城。それが砂の城のように今、もろく崩れた。

彼女は父親にたのんで神戸拘置所の水谷トシに面会を求めようとしたが、まだ一応の取調べがすんでいないために許されぬという。トシに手紙を書いたが、なぜか一通の返事も来なかった。

そんなある日、渋谷にいる叔母から電話がかかって、次の日曜日に一緒に食事をしないかと誘ってきた。

「あの子も楽しみにしとっとよ」

叔母の家に泊めてもらった時、あれほど自分になついてくれた高校生の従妹《いとこ》とも久しぶりで会いたかった。

「ええ。必ず、行きますわ」

約束の日曜日、いつか叔父が御馳走《ごちそう》をしてくれた赤坂の中華料理店に行くと、叔父、叔母、従妹のほかに三つ揃《ぞろ》いの背広を着た背のたかい青年が微笑しながら卓子《テーブル》についていた。

「やァ、やァ」

叔父は老酒《ラオチユー》で機嫌いい顔をこちらに向けてその青年に泰子を紹介した。

「叔父さんの会社の山下君だ」

「部長の下で働かせて頂いている山下です」

とその青年は礼儀正しく頭をさげた。瞬間、お見合いだな、と直観的に感じた。電話で叔母と話をするたびに、そろそろ、お見合いをしたら、と何時《いつ》も言われていたからだ。

山下は皆と如才なく話をかわし、時々、泰子にもスチュワーデスのことを訊ねた。いかにも秀才らしいその顔も、秀才にあり勝ちな嫌味がなく、泰子は好感が持てた。

「山下君は語学とアメリカンフットボールに強いからね。いずれは米国勤務をやってもらうかもしれん」

叔父は山下に、と言うよりも、むしろ泰子に聞かせるようにそう言った。

高校生の従妹とも山下は楽しそうにジャズの話をした。彼は大学の時、仲間たちと小さなバンドを作って、色々なパーティでアルバイトをしていたのである。

「近頃の若い人はよかですね」

と叔母は羨《うらやま》しそうに、

「わたしたちの時代とちごうて、すぐ楽器がいじれるもんね」

なごやかな食事がすんで中華料理店を出た時、その叔母は、

「泰子ちゃん、山下さんに送ってもらわんね」

と眼くばせをした。

タクシーのなかで山下は今度、いつかお誘いしてもいいですか、とたずねた。フライトがなくて日本にいる時でしたら、と泰子は少し赤くなりながらうなずいた。

寮まで送ってもらい、玄関に入ると、ちょうど帰寮したばかりの先輩が、

「いいところ、見たわよ。あの人、あなたのフィアンセ？」

とからかった。

ひょっとしたら、私はあの人と結婚するかもしれないと泰子は思った。まだ、好き

とか、嫌いとかいう特殊な感情はないが、このまま交際が続けばそういう気持も起きるかもしれない。山下は決して自分が拒むようなタイプではなかった。

(もし、あの人と結婚したら……)

と彼女は考えた。確実で安全な人生の路、もし彼が米国の支店に行けば英語の好きな自分は決して足手まといにはならぬだろう。ならぬどころか、彼の仕事を蔭《かげ》で助けることもできるかもしれない。二人で協力しあって何かをやれる、と言うのが泰子の結婚の夢だった。

二週間ほどたって山下から誘いの電話がかかってきた。

「もし、およろしかったら日生劇場の越路吹雪のリサイタルにいらっしゃいませんか」

越路吹雪のリサイタルは人気があって、寮の仲間たちも切符が手に入らぬとしきりにこぼしていたから、

「まあ、ほんとですか」

と泰子は声をはずませながら承知した。

日生劇場の入口で待ちあわせた。相変らず三つ揃いを着た彼は如才なく泰子に微笑した顔を向け、ホールにのぼるエスカレータでも、一歩さがって彼女を先にのせた。

越路吹雪がひろい舞台でシャンソンを次々と歌っている間、山下はきちんと膝をそろえて耳をかたむけている。この人は会社でも決して失敗はしないだろうと、泰子は思った。叔父が言うように、いわゆる出世コースを着実に歩いていく青年にちがいない。

リサイタルがすむと山下は劇場の向い側にある帝国ホテルに彼女を誘った。

「この間は少し、憂鬱《ゆううつ》そうでしたね」

と彼にたずねられ、

「ええ、友だちのことで心配していたものですから」

と泰子は答えた。

「御病気ですか、そのお友だちは？」

「いいえ。今、拘置所にいるんです。事件を起したんです」

彼女が水谷トシの話をすると、山下の顔が少し不安そうになり、

「そういう友人とは早く手をお切りになったほうがいいですね」

と答えた。

その瞬間、泰子の心から今まで持っていた山下への期待が、穴のあいた風船のように消えていった。

「山下さんなら、そうなさいますか」

「ええ。ぼくなら、そうします」

「そうですか」

と泰子は黙った。


父親から電話があって、水谷トシに面会ができそうだと伝えてきた。さいわい、父の知人で神戸の市会議員をしている人がいて、その人が尽力してくれたのだった。

「こちらも大阪に用事のあるけん、お前が来るなら神戸で落ちあってもよか」

と父は言ってくれた。フライトのスケジュールを見て、彼女は土曜日に新幹線で神戸に出かけることにした。


オリエンタル・ホテルで久しぶりに父親と会った。二人で三宮の町を歩き、有名なステーキ・ハウスで食事をしたが、

「トシちゃん、今頃、何ばしとるやろか」

彼女はステーキを切りながら、こんなものを食べられないトシに悪いような気がして食欲が進まなかった。

「お前一人がそげん思うても、どうなるものでもなか」

と父親は娘を慰めた。

「そんかわり、手紙や差し入れは時々、出してやることだ」

その夜、ベッドに親子が横になった時、

「叔母さんが見合いさせてくれた人、どげん風だった」

ときかれた。叔母からの連絡で父親も山下とのことは知っているのだった。

「まだ、考慮中」

と泰子は元気よく答えて、すぐ健康な眠りに落ちた。

翌朝、父親とタクシーで拘置所に出かけた。九時から面会がはじまるので、長い灰色の塀《へい》の前に二、三台の車が停っている。道の片側には「差し入れを引きうけます」と看板に書いた雑貨屋が並んでいた。罐詰《かんづめ》と果物の詰めあわせにタオルとネグリジェ、それに爪《つめ》切りや洗面道具をそろえたバッグを買って、水谷トシに差し入れてくれるよう頼んだ。

「さあ。お前一人で行ってこんね。父さんはここで待っとるけん」

と父親は微笑しながら娘の眼をじっと見た。

拘置所の面会人待合室で紙に自分の名やトシの名を書き、番号札をもらって順番を待った。チャンチャンコに赤ん坊を背負った女の人が寂しそうに椅子《いす》に腰かけていた。

番号をよばれ、中庭を通りぬける。中庭の右は高い塀と監視塔がついていた。中庭を通りぬけたところに小さなコンクリートの建物があり、看守らしい人に、

「面会室二番に入ってください」

と言われた。

面会室二番の扉をあけると、うす暗い室内の向うに年とった看守と水谷トシのむくんだ顔がみえた。二人と泰子の間は金網でさえぎられている。

「トシ」

と叫んで泰子は絶句した。トシは少しよごれたブラウスを着て、放心したように泰子を眺めた。

「トシ、体は元気。何かほしかものはなか」

すると彼女はイヤイヤをするように首をふった。

「みんな待っとるよ。だから安心してね」

「ごめんなさい。こげん心配かけてしもうて」

「すんだことは、もう、どうでもよかさ。あんたの苦しかこと、よう、わかっとるもん」

「ありがと、心配せんで。みんな終ってしもたもん」

とトシは泰子にではなく、自分に言いきかせるように言った。

「でもわたし、自分のしたことば後悔しとらんよ。そりゃ、あげんこと、したとやもん、罰せられても仕方なか」

看守がメモを出して何かを書きこんだ。それにチラッと眼をやりながら水谷トシは、

「わたしは女として、自分のしたこと、後悔しとらんとよ」

「女として?」

「そう。女として、わたし、精いっぱい星野さんのために尽したとやもん。泰子にはわたしのその気持、理解できんでしょ」

トシはそう言うと、じっと泰子を見つめた。その眼には少しも卑屈なところも悪びれたところもなかった。むしろ自分が女として星野に尽した愛情を誇りに思っているというようだった。

「そいけん、泰子もわたしのこと憐《あわ》れまんでね。泰子の生き方とわたしの生き方とは違うもんね。わたしはわたしの生き方をしたし……泰子は泰子で生きるんだし……」

あのトシがこのようなことを口にするとは思えなかった。泰子はこの友人に始めて圧倒されたような気持でうなずいた。泪《なみだ》を流しているのは泰子のほうで、トシは泣きもしなかった。

時計をみた看守が、

「今日はこれまで」

と合図した。

「何か、ほしいものがあったら言って」

と泰子はもう一度、叫んだが、トシは微笑して首をふり、軽く手をあげて看守と姿を消した。

二人がみえなくなったあとも泰子はしばらく椅子に腰かけていた。トシがあのような姿になり、看守につきそわれていることも、まだ彼女には夢のように思われた。

「面会がすんだら、早く、出てください」

と促されて、泰子はよろめくように中庭を歩いた。

父親は温和《おとな》しくタクシーのなかで待っていてくれたが、

「さあ、戻ろう」

娘の受けた衝撃がわかったのか、何も質問をしなかった。

(そいけん、泰子もわたしのこと憐れまんでね。泰子の生き方とわたしの生き方とは違うもんね)

トシの声は泰子の耳にまだ、はっきりと残っていた。

（そう、女として、わたし、精いっぱいに星野さんのために尽したとやもん。泰子にはわたしのその気持、わからんでしょ）

私にだってわからないことはない。しかし私にはそこまで自分を犠牲にし、自分を捨てることはできないだろう。勇気がないのかもしれない。

（でも、そんな自己犠牲って無意味だわ）

泰子はトシの発言に心のなかで反撥《はんぱつ》してみた。

（本当の愛情って、そんなものじゃない。本当の愛情って、二人がたがいに相手のために尽すことで、片一方だけが自分を目茶苦茶にしてまでも……）

そう考えながら、しかし、泰子のトシにたいするコンプレックスはやはり消えなかった。死ぬとわかりながら炎のなかに飛びこんでいく蛾《が》。産卵のために激流を逆のぼり、卵をうんだあと、力を使い果して息たえる魚。トシはそれに似ていた。そのような生き方は泰子にはとても、できなかった。

（女として倖《しあわ》せだもん）

とトシは言った。そのような女は泰子には古い時代の女の生き方にしかみえない。にもかかわらず、トシの生き方に圧倒されるのはなぜだろう。

大阪に用事がある父親と別れ、彼女はホテルに戻ると帰京の支度をした。支度をしながら、もう一度、あの母の手紙にあった逆瀬川に行ってみたいと切実に感じた。トシのあの姿を見た直後だけに、その思いは胸のなかで抑えがたいものとなった。

小さなトランクを片手に阪急電車に乗った。この前と同じように西宮北口で宝塚線に乗りかえ、逆瀬川の駅でおりた。ウイーク・デイなので川にそった道にはほとんど人影がなかった。ゴルフ場にそって山径《やまみち》を歩き、あの流れに出た。

すべてが静かで、渓流の音だけが聞えた。

(美しいことと、善《よ》いことと)

と彼女は口のなかで呟《つぶや》きながら渓流のそばにおりた。ハヤの群がその足音を感じたのか、身をくねらせて岩かげにかくれた。

(母さん、でも、何が美しく、何が善いことなのかしら)

トシの生き方が美しく、善いとしたら、私は一体、どうしたらいいのだろう。トシの生き方がみにくく、間違っているとすれば、私はなぜ、自分にうしろめたさを感じるのだろう。

鳥が鳴いていた。岩から落ちる水滴がそこに生えた羊歯《しだ》の葉をぬらしていた。

(ここはあまり静かだわ。静かすぎる。でも、わたしたちの人生って、こんな静かな

場所じゃないんだもの）

母や恩智勝之が求めたものは結局、そのよごれた人生からの逃避であり、慰めだけの場所ではなかったかと泰子は不意に思った。巴里《パリ》でみた恩智勝之の横顔が心に甦《よみがえ》ってきた。恩智勝之の今の生き方もひょっとすると、よごれたものからの逃避ではないのかという気がした。

（それじゃあ）

それじゃあ、と自分で自分に問うて泰子はあとが続かなかった。

その日の夜、新幹線で東京に戻った。寮に戻ると彼女は叔母に電話をかけて、あの山下との縁談をはっきり断った。

「どうして。あげん青年は今時、おらん筈《はず》だけどねえ。叔父さんも将来は出世する男だと太鼓判ば押しとるんやけど」

驚いている叔母に、

「ええ。わたしには過ぎた方やけん……困るとです」

と彼女はそんな返事をした。勿論《もちろん》、それが理由ではなかったが気持は変らなかった。

忙しい毎日が続いた。国際線のフライトにも次第に馴《な》れていった。前のように嫌な客がいてもムキになって喧嘩《けんか》などしない。やんわりと相手の悪ふざけをそらすやり方も憶えた。

目のまわるように多忙なフライトもあれば、比較的のんびりとできる飛行もあった。夏の海の白い波濤《はとう》を思わせるような雲を飛んでいる時、狐色《きつねいろ》の平原を見おろしながら飛行している時、泰子はやはりスチュワーデスになって良かったと思った。

滞在時間はみじかいが、見知らなかった異国の街々を随分、まわることができたのもこの仕事のおかげだった。

白いアパートが山を埋め、海岸にまで並んでいる香港《ホンコン》。飛行場をおりると、湿気のこもった暑さが夜でも頬をうつバンコック。赤いブーゲンビリヤの樹の下で虫がすだき、物うい音楽のながれてくるカルカッタ空港。泰子はもうそれらの空港に何度も何度も降りた。

真夜中、たくさんの飛行機が着陸して給油と掃除をしている飛行場。彼女はそこだけが生きて、他の世界がねしずまっているのを感じながら、水谷トシのことを思った。今頃は拘置所でなにをしているだろう。ここは夜だけれど日本は昼近くなのだ。自分と彼女との人生が違ったように、今はいる場所も時間も遠く隔っているのが泰子には辛かった。

水谷トシのことを考えるのは真夜中の飛行場だけではなかった。サンフランシスコのチャイナタウンを同僚たちと騒ぎながら食事に行く時、ブルッセルの古い裏町の店をのぞいている時、ローマの伊太利《イタリア》広場の石段に腰をおろしている時、この友人の顔は不意に甦ってきた。顔だけではなく、あの声も、

（そいけん、泰子もわたしのこと、憐れまんでね。女として、わたし、精いっぱいに星野さんのため尽したとやもん）

耳の奥で聞えてくるのだった……

この日は雨がふっていた。

雨がふってはいたが、飛行機は予定通りに朝の十時十分に羽田を発って南まわりでロンドンに向うことに変りはなかった。

いつものように二時間前には控室に集合したスチュワーデスたちは、パーサーから今日の接客上の注意を聞き、機長から説明を受けた。

「回教徒の方が三人。もちろんこの人たちの食事については平生、教えてある通りにしてください。病気の方は心臓の悪い御婦人のパックが一人、乗っておられます」

そういった話があってから、

「ハイジャックのあった場合は、砂糖なし珈琲《コーヒー》をたのむと機長が言います。それが連絡方法です」

とパーサーは言った。

毎回、こういう風に特殊な乗客についての説明やハイジャックの際の連絡方法について、うちあわせをする。

打ちあわせが終ると搭乗員たちは列をくんで飛行機に向う。お客が乗るまで、資材、食事、その他の点検をしておかねばならない。

「香港は雨かしら」

アシスタント・パーサーの三枝京子が首をかしげた。香港が低気圧だと、着陸の時ゆれる度合が多いからだ。離陸と着陸の時が一番、危険なのである。

点検が終って、入口の前にスチュワーデスは並び、微笑をたたえてバスで到着したお客さまたちをお迎えする。

間もなく巨大なジャンボ機がお客でいっぱいになる。

ノー・スモーキング・サインとベルトをしめるサインに気づかぬお客がいる。その人たちに指示を守るようお願いしてまわると、朝刊をくばりはじめる。眼のまわるような忙しさである。

雨のなかをゆっくり機体が動きだす。滑走路に向うのだ……

やがてその機体が雨のふる東京湾をかすめる。

雲の上に出ると、東京の雨がふしぎなくらい、まぶしい陽の光と青空がひろがっている。もちろん、その真下は厚い白い雲の層だ。乗客たちはベルトをはずし、煙草《たばこ》をすい、思い思いにくつろいでいる。

「素敵な人がいるわよ」

と泰子に同僚の桑原和子《かずこ》がささやいた。パックのなかに素敵な青年がいると、すぐにスチュワーデスたちは連絡しあう。別にサービスを特によくするわけではないけど、やはり気になるのだ。

「どの席」

「H2のC」

「あとで見てくるわ」

機長が乗客たちにマイクを通じて挨拶《あいさつ》をしている。

「香港は曇り、時々、雨だそうです」

と天候をきいたお客にアシスタント・パーサーが教えている。

「映画ですか。お昼食のあとに上映いたします」

「はい。お水、ただ今、持ってまいります」

お客の一人が気分が悪くなったから薬をくれと訴えてきた。乗物に弱い体質らしい。早速、備えつけの薬と水とを運ぶ。

それ以外はすべて異常がなかった。昼食の準備まであと四十分ほどあった。

「何か雑誌はありませんか」

新調の背広を着て、ふちなしの眼鏡をかけた中年男が泰子たちのそばに寄って話しかけた。

「週刊誌でしたら、ここの棚にございます」

しかし男はその棚を見ようともせず、

「忙しいですね、あなたたちも」

「ええ、仕事ですから」

「ロンドンでは何日、滞在するんですか」

「二日でございます」

「それじゃあ」

と彼はニヤニヤ笑いながら、

「あなたたちのお泊りになるホテルを教えてください」

と誘ってきた。

「ぼくもロンドンで一人ですから、つきあってください」

こういう客は毎回のフライトで必ずいるものだ。旅行中になんとかしてスチュワーデスを「ものにしたい」と考えている連中である。

「有難うございます」

とアシスタント・パーサーの三枝京子がまず礼を言って、

「でも、折角ですが駄目ですわ。わたしたち、ロンドンでも乗務員として色々、仕事がございますので個人的な時間は持てませんの」

拍子ぬけしたような顔をしてその中年の男は棚からゴルフの週刊誌をとって席に戻っていく。

泰子たちは笑いを嚙《か》みころしている。

「一寸《ちよつと》、可《か》哀想《わいそう》ね」

「つきあって、あげたら」

「嫌よ。あんな気障《きざ》な人」

もちろん、そんな私語はお客さまの耳には届かない。うっかり届くと大変だ。必ず投書が会社にあるからだ。

先輩たちに聞いた話だが、毎日、機内で食べる食事にあきて、お弁当とおかずを家から持ってきたパーサーがいた。それを食べている時に、偶然、お客がそばを通ってチラリと見た。

一週間後、会社に投書が舞いこんで、

「客に出さぬものを自分たちだけで食べている」

とお叱《しか》りを受けた。お客さまのなかにはそんな風にうるさい人もいるのだ。

空は真青だった。ジャンボだから高度が高い。あかるいその空と、時々白い雲の壁とを交互に通りぬけるが、機体は少しもゆれず、まるで飛んでいないみたいである。もしこれが仕事中でなければ、うとうととしたいような静けさが続く。

乗客たちも身じろがず温和《おとな》しく席に腰をかけている。時間は十一時を少しすぎて、あと十分で昼食の準備にかかる筈だった。

泰子たちの受けもつツーリストの柿色の座席のなかから、黒い背広を着た青年がスッと立って、トイレの方にむかった。トイレのそばにその時立っていたパーサーの江口と何か話をしている。

「さあ、ワゴンを出して」

と三枝京子に命じられて、ナイフ、フォークの束と、昼食用の盆をのせたワゴンを引き出した時だった。

操縦席からの電話で受話器を耳にあてていた京子が、

「えっ」

と叫んで、

「砂糖なし珈琲ですか」

と聞きかえした。

手を動かすのをやめて泰子たちはその声を聞いた。砂糖なし珈琲という言葉は、今朝パーサーから教えられた「ハイジャック」の暗号だったのだ。

だが、ふしぎに機内は静かで、さっきと同じようである。何の気配もない。ただあの黒い背広の青年もパーサーも姿が見えない。

三枝京子の顔が真青になっている。泰子の手からナイフとフォークとが落ちた。

その時、操縦室から乗客につげる機長の声が聞えた。

「みなさま。大変、申しわけございませんが、この機は香港に着陸せず、直接、ニューデリーに向います。当機はただ今、ハイジャックされましたので、みなさまと機の安全のために、要求通りに従うことにしました。なお、そのほかのことは全く御心配いりませんので、静粛に座席でお待ちください」

機長の声はふしぎなほど落ちついていた。泰子はまるで夢でも見ているような気持だった。実感がまったくなかった。

だがこの機長の放送が終ると、四、五人の青年がひろいジャンボの通路のあちこちに立った。

その一人がスチュワーデスたちのほうに近づいた。

長い一日

黒いタートルネックに上衣《うわぎ》を着た青年が黒い拳銃《けんじゅう》を持ったまま、アシスタント・パーサーの三枝京子に近づいた。

「すみませんが」

その青年の顔はひどく温和《おとな》しそうで、口調も丁寧だった。

「マイクを貸してくれませんか。乗客に我々の主旨を説明するんです」

三枝京子は顔を強張《こわば》らせたまま、うなずいた。

「乗客のみなさん」

とこの青年はよく通るが静かな声で、

「御迷惑をかけて申しわけありませんが、この飛行機は我々の手によって占領されました。したがってこれからは皆さんも我々の指示通りにやってください。我々は皆さんに危害をあたえるつもりはありませんが、もし指示に従わない時は断固たる処置をとるつもりです。席を立つ時は必ず、我々の誰かに手をあげて教えてください。便所以外には席から離れることは許しません。何か質問があれば我々の誰かにたずねてください」

機内に軽いざわめきが起った。それは言葉にはならない不安な声の拡《ひろ》がりだった。

拳銃をおろして青年は、

「スチュワーデスの方は、いつものようなサービスをしてください。しかし食事のナイフやフォークは客にわたさないこと」

と言った。

泰子はまだ夢を見ているような気持だった。ハイジャックされたという実感がどこにもなかった。

（夢を見てるんだわ）

と彼女はそう自分に言いきかせた。

操縦室に入った男は出てこない。各要所にも何人かの青年たちが立っている。皆、拳銃を手にしている。どうやって、きびしい空港のチェックを通過できたのだろう。病人が一人、出た。ハイジャックのショックで一人の婦人が脳貧血を起したのだ。スチュワーデスの一人が急いで水と薬とを持っていった。

機内はふたたび静かになった。乗客たちはなすすべもないように黙って席に腰かけている。外は真青な空で雲がない。

一人の男性乗客が手をあげて、トイレに行く許しをもらった。

彼は泰子たちのたっているそばを通りぬけてトイレに姿を消した。間もなく出てきたこの男はさりげないふりで、スチュワーデスの一人に紙をわたした。

「彼等の人相、特徴をすべて憶《おぼ》えなさい」

三枝京子はその紙をみると首をふった。温和しくしていてください、という意味だった。ハイジャックが起れば乗客の安全を第一とせよという命令をクルーは会社から受けていた。

スチュワーデスたちは昼食のワゴンを動かしはじめた。泰子もそのワゴンを押しながらコップと盆とを一人、一人の客にわたしはじめた。ナイフやフォークをわたすのは禁じられていた。

客の一人、一人はそんな泰子たちを不安な眼で見あげた。その眼を見ることはやっぱり辛《つら》かった。

「子供が巴里《パリ》で入院しているんです。何とか、ならないでしょうか」

と年とった夫婦が泰子に訴えた。

「そう、あの人たちに伝えてください。ニュー・デリーについたら、すぐおろしてくださいって……」

「はい。伝えます」

彼女は手をあげて、そばで警戒している背のたかいサングラスをかけた学生風のハイジャッカーの一人をよんだ。

「何ですか」

「このお二人のお子さんが巴里の病院で入院しているんですって。ニュー・デリーで二人をすぐおろしてあげてくれませんか」

「気の毒だけど駄目です」

「なぜですか」

「敵に我々の人数や武器を知られるからです」

言葉は丁寧だったが、この学生風の男もきびしい表情で首をふった。彼女はその時、彼の手にしている黒い拳銃が自分に突きつけられるのを見た。はじめてハイジャックされたという実感が胸にこみあげ、膝《ひざ》がしらが震えた。

「早く、食事をくばりたまえ」

と彼はその拳銃で泰子を少しこづくと、

「それから、ぼくたちの食事はうしろにかためて並べておいてください」

泰子たちの受けもつ前部客席の一番、最後のシートに食事がおかれた。彼等は一人ずつ交代であらわれ、立ったまま昼食をとった。一人が食事している間、他の者は通路の要所、要所で厳重に見張りをした。

拳銃をズボンとワイシャツとの間にはさんだまま、急いで口を動かしている青年たちはどれも二十代の連中ばかりだった。どれも泰子や桑原和子とそう違わない年齢で、もし彼等が自分たちのボーイ・フレンドと言っても誰もふしぎに思わなかったであろう。

(可愛《かわ》いい顔をしているわ)

お腹《なか》がすいているのか、頬いっぱいに肉を入れてモグモグしているその一人の顔はまるであどけない少年のようだった。その少年のような男が拳銃をズボンにはさんでいるとはとても信じられなかった。

(なぜだろう。なぜ、ハイジャックなんかやるんだろう)

泰子はその男の童顔を見つめながら、疑問を感じた。この人たちにはガール・フレンドや恋人がいるのだろうか、とふと思った。泰子のその視線に気づいた彼は照れくさそうにソースでよごれた唇を紙ナプキンでぬぐった。

何人目かの同じようなハイジャッカーが食事にやってきた。泰子たちの場所からずっと離れた後部座席を監視していたこの男は同じように黒い眼鏡をかけ、口髭《くちひげ》をはやしていた。ずんぐりした体に陽にやけた横顔をみせた彼はスチュワーデスたちに、

「迷惑かけます」

と言った。そして泰子に気がつくと、一瞬、びっくりしたように立ちどまった。

「珈琲《コーヒー》を召し上りますか」

と泰子はたずねた。相手がハイジャッカーでも一応は客として鄭重《ていちょう》な言葉使いをするよう、アシスタント・パーサーの三枝京子から命ぜられていたからである。乗客の安全のため彼等をできるだけ刺激しないのが会社の方針だった。

「いや」

その男はひどく困惑した声で、

「水をください」

泰子が水のお代りをコップに注いでいると彼はその手つきをじっと見ていたが、

「こんにちは」

と突然、彼女に挨拶《あいさつ》をした。びっくりして顔をあげると、

「わかりませんか」

ゆっくりと彼はサングラスをはずした。

思わず大声をあげたくなるようなショックをうけた。忘れもしない、西宗弘の顔がそこにあらわれたからである。

口髭こそはやしているが西宗弘だった。陽にやけた浅黒い顔色も真白な歯も昔と同じだった。

眩暈《めまい》でもしたように、そこへ茫然《ぼうぜん》と立っている泰子に、

「スチュワーデスになっとるなんて……知らんやったですよ」

と彼は九州弁で言った。

「ほんとに早良泰子さんですか」

「西さんが……西さんが」と泰子は震え声で答えた。「この飛行機に乗っているなんて」

「ぼくも、今の今まであんたに気づかんかったとです」

他のスチュワーデスたちは眼を丸くして二人を見つめていた。

食事をしながら、西は幾度も白い歯をみせて泰子に笑いかけた。どう見てもハイジャッカーの一人とは思えない態度だったが、

「早良さんのお友だちですか」

と三枝京子が、

「お友だちなら、私たちの言うことも聞いてください。決して反抗しませんから、お席についてニュー・デリーまで普通の乗客としてお乗りになって頂けませんか」

と言った時、西はひどくきびしい眼で睨《にら》みつけ、

「この飛行機は我々が乗っとっている。指示は我々がする」

と突っぱねた。

「なぜ」

と泰子は小声でたずねた。

「西さんがこげんことを……」

「やがて、わかるよ、ぼくらが何故《なぜ》、ハイジャックしたか」

「理解できんとよ、わたしには」

「泰子さんは何もわかっとらんとよ。わかっとらんから、ぼくらの行為も暴力沙汰《ざた》に見えるとやろ」

「でも、ピストルを持ったり、飛行機を乗っとったり……」

「ぼくらは今、戦いよっと、戦いよっことば知ってほしかね。ぼくらのやっとることが暴力なら、もっと大きな暴力がベトナムなどで行われたこと、泰子さん、考えたことなかろうが」

彼はそれだけ言うと黙って食事を続けた。

「あの……」

と泰子はさっきの老夫婦を指さして、

「あの御夫婦、巴里に病人のお子さんのおられるので、とても案じておられるとよ。西さん。あのお二人はニュー・デリーですぐおろしてやって」

とたのんだ。

「駄目だよ」

西宗弘は頑《かた》くなに首をふった。

「断わるよ」

「なぜ」

「言ったろ、ぼくらは今、戦争なんだ」

その横顔をみつめながら泰子は西が変ったと思った。それはあの島原の海べりを一緒にドライヴした時の西宗弘とはすっかり違っていた。茂木の港で漁師たちにまじって荷あげをしていた、真白の歯をみせて笑う昔の彼ではなかった。言葉は温和《おとな》しかったが眼には言いようのない鋭い光があった。

「御馳走《ごちそう》さん」

食事が終った西は泰子に礼を言うと、自分の持場に戻っていった。

午後の陽と雲のなかを飛行機は飛びつづけた。単調な時間のなかで泰子は今頃、大騒ぎをしているにちがいない日本のことを思った。

新聞社や乗客の家族がつめかけている羽田の空港。ニュースを待って右往左往している会社の上司たち。街頭テレビの前に集っている人たち。父はその知らせを受けて急いで上京するにちがいない。年とった父親が泰子の身を案じて、どんなに暗い顔をしているか、眼にみえるようだった。

だがそんな日本の騒がしさとは裏腹に、飛行機のなかはあまりに静かだった。乗客たちはショックから立ちなおったのか、時折、ハイジャッカーに命ぜられたように手をあげてトイレに行くほかは、温和しく席にすわっていた。

三時は映画の時間になっている。三枝京子は黒いタートルネックを着た男に許可をもらってから、映画の支度にかかった。スチュワーデスたちはジュースをくばりはじめた。

日本映画の喜劇物がうつされている間、客席からはふしぎなほど、楽しそうな笑い声がきこえた。まるで乗客たちはこの飛行機がハイジャックされたことをすっかり忘れているようだった。

一時間半の映画が終る頃、陽が少しずつ翳《かげ》りはじめた。飛びたってからもう十時間ちかく経過していた……

「飛行機は間もなくニュー・デリーに着陸します。着陸後、我々は印度政府を通して我々の要求を全世界に告げ、その要求が入れられれば、みなさんをこの飛行機から釈放します」

さきほどと同じようにマイクを手にしてハイジャッカーの指揮者が乗客にそう告げた。

「我々の要求は現在、日本の反動的政府、及び警察によって不当にも監禁されている同志たちの釈放にあります。したがってその同志がニュー・デリーに到着するまで乗客の方々は飛行機に残っていただくことになります」

ざわめきが起った。ニュー・デリーに着いてもすぐにはこの機体から出ることはできないのだ。日本から彼等の要求にしたがって仲間が来るまで少くとも一日半はかかるだろう。その一日半をこの飛行機でじっと過さねばならない。

「飛行場はすごい暑さでしょうね」

と乗客の一人が隣席の男にたずねた。

「なにしろ、印度だから」

「それじゃ、病人がでますよ」

飛行中はそれほど苦痛を伴わなかったハイジャックの現実が今、すべての客にわかってきた。甘い考えは一掃されて彼等は自分たちが、とんでもない事態に巻きこまれたことを知った。

一人が手をあげて、

「いや、別にトイレに行くんじゃありません。おたずねしますが……そんな長時間、飛行機で待たされれば、病人も出ます。商用でヨーロッパに向う人はそれだけで損害を受けます。我々のうける迷惑も考えてください」

指揮者は何も返事をしなかった。乗客の訴えにはまったく耳をかさない風だった。

「もし、あんたたちの要求が入れられなければ、どうするんです」

これには答えがあった。

「何人かの人質をえらび、射殺する」

悲鳴に似た叫び声が起った。スチュワーデスたちは立ったまま、固唾《かたず》をのんで乗客とハイジャッカーのこの問答をきいていた。ハイジャッカーたちの言うことはおどしかもしれなかった。しかし、そのおどしがあるいは本当になるかもしれぬと思わせるほど、現実感があった。

重い沈黙がつづいた。その沈黙のなかで客席にベルト着用と禁煙のサインがつづいた。

眼下には褐色の大地がひろがっている。その褐色の地帯はまるで人間がそこに住むことを許さぬ不毛と灼熱《しやくねつ》の土地のように見える。だが機がその大地の上を旋回して椰子《やし》の樹《き》の茂った広い河をかすめると、畠《はたけ》と泥をこねて作った粗末な民家とが見えはじめた。そしてその彼方《かなた》に白くニュー・デリーの大都会がかすんでいた。

飛行機は着陸態勢に入った。滑走路にぶつかり、二度、バウンドして草原のような飛行場を走った。大きな木に黒い烏《からす》がとまっているのが見える。やせた、高貴な顔をした印度人の作業員が旗をふっている。

着陸した。何の気配もない。まるでこの飛行機がハイジャックされたことに気がつかぬように、一台の車もこちらにやってこない。すべてが不気味に静まりかえり、すべてが固唾をのんで、こちらの動きをじっと窺《うかが》っているようである。

着陸しても飛行機はしばらくエンジンの震動が続いた。不安な面持で乗客たちは外をのぞいている。黒い鳥のとまった大木が窓の遠くに見えるだけで、あとは何もない。

エンジンがとまった。すると機内にいっそう静寂がふかまった。そのまま半時間ほど時間がすぎていった。

どういう模様になっているのか、わからなかった。スチュワーデスにも何も知らされないのである。

エンジンが停止すると機内が少しずつムシムシとしはじめた。人いきれで空気が濁ってきたのである。

冷風を送りこむ酸素ボンベも必要だったがこのまま日がくれて明日を迎えるのならば、乗客のための食事や、それからトイレにたまったものを除去してほしかった。操縦室に三枝京子がそれを要求した。

「どうなっているんです」

トイレにくる客は皆、スチュワーデスに同じ質問をした。

「今、機長と飛行場との間で連絡中ですから、もう少しお待ちください」

と泰子たちは答えるより仕方なかった。

「取引先がヨーロッパで待っているんです。そこに連絡は不可能でしょうかね」

こんな事態になっているのに、まだ、商売のことを頼みにくる商社マンもいて、その頼みはハイジャッカーの男から即座に拒絶された。

諦《あきら》めるより仕方がなかった。あちこちの席で私語が聞えはじめたが、ハイジャッカーたちは何も言わない。

印度の空が少しずつ夕焼けに変りはじめる。やがてその夕焼けが炎のような色になり、あの大木が黒々と浮かびあがった。機長からまだ、何の発表もない。乗客たちは上衣《うわぎ》をぬぎ、思い思いに見知らなかった相手と雑談をやっている。

本当ならば、ここでガソリンと食事とを補給することになっていた。しかし、その食事さえ運んでこない。仕方なく三枝京子はスチュワーデスたちに飲物のサービスをするように命じた。

咽喉《のど》がかわいていたのか、どの客も、救われたように紙コップのジュースを一口で飲んだ。その時、ようやく機長のくたびれたような声が機内に伝わってきた。

「皆さまに御迷惑をかけ、まことに申しわけございません。ハイジャッカーの要求は既に飛行場に到着している日本大使館員を通して外務省に連絡されております。その返答がくるまで今、しばらく御辛抱ください。機内の温度を調節するための酸素ボンベと飲料水と食料とが間もなく届きますので、それからはお楽になると思います。御迷惑をかけ、申しわけありません」

機長ははじめ、それを日本語でのべ、それから英語で繰りかえした。

白い車がこちらにむかって走ってくる。食糧とボンベを運んでくる車にちがいなかった。ハイジャッカーの青年たちは、その車を一度、停止させ、運転手と作業員とを地上に並べさせた。いずれも、痩《や》せた印度人たちばかりだった。

ようやく、爽《さわ》やかな風が機内に充満してきた。救われたように乗客たちはその空気を吸いこんだ。泰子たち、スチュワーデスはさっきから少しずつ臭気のただよいはじめたトイレにオーデ・コロンをまいていたが、その必要もなくなった。

炎のような夕焼けはいつの間にか夕もやに変り、さっきまで見えていた草原も鳥のとまっている大木も灰色の世界に沈んでいった。

夕食をくばる支度をしながら、今、日本は何時だろうと泰子は考えた。テレビではたえず、この飛行場やこの機をうつし、マイクをもったアナウンサーがつめかけた乗客の家族にインターヴューをしているだろう。泣いている女性や眉《まゆ》をくもらせている男たちの顔が眼にみえるようだった。そして半時間ごとに会社の旅客課長が記者たちに経過を報告しているにちがいない。

そんなテレビを泰子は今まで幾度か見たことがある。それを見ている時は自分に同じ運命がふりかかるとは夢にも思わなかったのである。

だが今、それが現実となっている。

（そんなに、心配はいらないの。みんな冷静で、静かですから）

彼女は日本にむかって、そう叫びたかった。とりわけ、おそらく羽田に来ているであろう父親に自分は大丈夫だ、と連絡をしたかった。

（父さん）と彼女は心のなかで呟《つぶや》いた。（心配することはなかよ）

夕食の時、泰子はまた西宗弘と話をすることができた。

「あの島原のこと、憶《おぼ》えとるよ。君のあの友だち、何というたかな」

「水谷トシ」

「うん」

西はなつかしそうに、うなずいて、

「あの人、元気」

「知らんやったと」

「なにを?」

泰子は思わず口ごもった。しかし彼女としてはトシをあのような運命にしたのは西の友人の星野のせいだと考えていた。

「そうか」

かいつまんで泰子のしゃべった説明をきいて西は暗い顔をした。

「そげん事情、ぼくは全然、知らんやった。いや、本当だ」

「全然、連絡せんやったと」

「あれっきり、ぼくは田崎や向坊陽子さんたちと一緒やったよ」

「向坊さんが」

「うん。彼女も田崎も……」

それから西は自分が迂闊《うかつ》に口をすべらせたことに気がついて、

「これは、黙っといてくれ」

と頼んだ。

やはり、そうだったのか。彼女はあの向坊陽子の日本的な横顔を思いだした。英語劇の舞台で流暢《りゅうちょう》な発音を駆使して主役を演じた彼女の姿はまだ泰子の記憶にはっきりたのか。

と残っていた。その彼女も恋人の田崎と一緒に西たち過激派のグループに加わってい

「悲しか」

と泰子はつぶやいた。

「なにが」

「だって……あの長崎で一緒だった皆が今は一人、一人、別々の方向に歩いとるとでしょ。トシはあげん風になるし……　そして西さんは……　わたし、西さんのこと、わからんようになった」

「みんな、自分の情熱で生きるとね、仕方のなか」

と西はしみじみと呟いた。

「そげんピストルば持って。昔の西さん、そうでなかった。一緒に英語劇やった時は……」

「そうやったな。君に発音ば教えてもろうたとね。今でもあの台詞《せりふ》ば憶えとるよ。言うてみようか」

西は泰子も暗誦《あんしよう》した台詞の一つを、つまりながら口にした。それを聞いていると泰子は思わず泪《なみだ》がこぼれそうになった。すべてのものをその空の碧《あお》さで染めてしまうよ

うだった夏休み。風に葉音をたてていた古い寺町の楠《くすのき》。その夏の思い出は今は心を傷つける……

「もう、変えられんと」

「なにを」

「もう一度、人生ば、やりなおすこと」

「ぼくは信念でこればやっとるとばい。やりなおす必要はなか」

「だって……」

その時、機長の声がふたたび機内に伝わってきた。

「乗客の皆さまにお知らせします。ただ今、飛行場に参っております日本大使館員から連絡がありました。日本政府は乗客の皆さまの安全を保つために、ハイジャッカーの要求を承諾することに決定しました。なお、それによって釈放された人たちを乗せた飛行機は、まだ、いつ、ここに到着するかは未定ですが、おそらく明日には参るものと思われます」

歓声が機内にひろがった。拍手をした者さえいた。しかし、なぜか、泰子は皆と一緒に声をあげることはできなかった。

「助かったね。君たち」

と西ははじめて嬉《うれ》しそうに笑った。

「俺たちは勝ったんだ」

「そうかしら。でも、これから、どげんすると」

「それは言えん」

「もし、要求ば入れんやったら、西さん、ほんとに乗客から人質ば選んで、殺すつもりやったと」

あれは嘘《うそ》でしょ、おどかし、だったのでしょと眼で訴えながら泰子は西の返事を待った。西がそんな、むごいことをする男とは絶対に思いたくなかった。

「ね、嘘でしょ」

西は少しためらったが、低い声ではっきりと答えた。

「やる、つもり、だった」

茫然《ぼうぜん》として泰子は西の顔をみた。西のその顔はきびしく、真面目《まじめ》だった。

「その人質に……」

と彼女はもう一度、たずねた。

「あの老夫婦や、わたしがまじっていても」

「やった、ろうね。ぼくたちは戦争なんだ」

この言葉を耳にした瞬間、泰子は背中につめたいものが流れるのを感じた。長い間、心に抱いていた西宗弘のイメージが硝子《ガラス》のように割れ、粉々になり、そして風に吹きとばされて消えていった。西宗弘のイメージだけではなく、あの島原の碧い海も白い浜も夏休みもすべて無にかわり、すべて消滅していった……

「ごめんよ」

と西は呟いた。

「ぼくらは、そんな時代に生れたんだ」

彼はズボンとワイシャツの間に入れた拳銃《けんじゅう》をぬきとり、それを握りながら自分の持場に去っていった。

泰子はこの時、はじめて泪が頰を伝わるのを感じた。その泪を見つけて同僚の桑原和子が、

「どうしたの。助かったんだから、泣くことはないじゃないの」

とたずねた。

夜が来た。ながい、ながい一日だった。夕食をすませた乗客たちは毛布をもらって、眠りについた。ハイジャッカーたちは交代で警戒にあたり、交代で仮眠をとった。スチュワーデスたちは席について、芯《しん》の芯まで疲れきった体を休めた。

印度の朝は早かった。五時頃、次第に雲がわれ、紅色の空がみえ、やがて夕暮のような茜色《あかねいろ》の陽が飛行場にさしはじめた。あの烏《からす》のたくさん、とまっている大木もその茜色の陽を枝いっぱいに受けている。

「お早うございます」

と機長の声が八時頃、聞えてきた。

「印度の日本大使館からの連絡によりますと、釈放された人たちを乗せた飛行機は既に羽田を出発した模様です。もう十四、五時間ほどの御辛抱です。どうぞ頑張ってください」

しかし、この時は昨日とちがって何の歓声も拍手も起きなかった。乗客たちは疲れ果て、無感動になっていたのである。

思いきり、ひろいベッドで手足をのばしたい。いや、それよりもバス・ルームでよごれて汗まみれになった体を洗いたいというのが皆の本心だった。

「日本から飛行機がつけば、お客さまたち、すぐ解放されるのですか」

と桑原和子が三枝京子にたずねた。

「二、三時間はハイジャッカーも色々な交渉をするでしょう。すぐというわけにはいかないわ」

「交渉というと？」

「この飛行機で、あの人たち、きっと中近東のどこかの国に行く筈《はず》だわ。その交渉があると思うの」

「すると、わたしたちもその国に行くんですか」

桑原和子は急に泣きそうな顔をして、

「そうなら、もうスチュワーデスなんか、やめたい」

「馬鹿《ばか》ね。しっかり、して頂戴《ちょうだい》。それもわたしたちの義務よ」

アシスタント・パーサーに叱《しか》られて和子はしょげかえり黙った。

「わたしは、行きます」

と泰子は言った。なぜか知らないが、彼女はそれをせねばならぬような気がしたのである。

赤い血

ハイジャックされてから二日目の午後が来た。なんの変化もない。窓から見える風景も、もう随分ながく見てきたような気がする。鳥のとまっている大木や、草原のような飛行場につよい陽がさしている。乗客たちはネクタイをゆるめ、靴をぬぎ、口をあけて眠っている。みんな待つことに疲れきったのだ。

機内には時々、酸素を入れるが、それでも空気は間もなくよどんでしまう。一体どういう交渉が続けられ、どういう経過になっているのか、わからない。

スチュワーデスたちも本を読んだり、編物をしたりしている。桑原和子も自分の恋人のために何かを編んでいる。

「彼、きっと、びっくりしていると思うわ」

と和子は泰子に話しかけた。

「でも、この編物、二人の一生の記念になると思うの。あのハイジャックの間、これを作ったのよ、と何時《いつ》も思いだせるでしょ」

泰子には和子のように何かを編んであげる人はいなかった。彼女は座席と座席の間に立って石像のように身じろがぬ西宗弘の姿をチラッと見た。

あれは西宗弘ではない。彼女の知っている西と別の人間だ。島原を一緒にドライヴした彼。茂木の港で漁師たちと働きながら白い歯をみせて笑った彼。青年らしい臭《にお》いをいっぱいに持っていた彼と、今、そこにサングラスをかけ、腕をくんで立っている西とは違う人間のように泰子には思えた。

もし彼が昔のままの彼で再会したのだったらどんなに嬉しかったろう。ひょっとしたら私たちはまた、いいお友だちになり、このフライトも素晴らしく楽しい旅になっただろう。

何が私たちをこう引き離したのだろう。泰子にはわからなかった。「ぼくたちはそういう時代に生れたんだ」と西はさっき、幾分、悲しそうに呟《つぶや》いた。時代が私たちを別々の人生に歩かせたのか。ちょうど戦争が母と恩智勝之とを別れ別れにさせたように。

陽はじりじりと強くなる。機内には炭酸ガスがこもり、じっとしていても汗が流れてくる。一時間ごとに音をたてて酸素が放出される。

二時、皆につめたいジュースを運んだ。誰もかれもがむさぼるように紙コップを口にあてている。もう誰一人としてスチュワーデスに今の様子や今後の見通しをたずねない。たずねたところでスチュワーデスたちも答えられぬことがわかっているからだ。

ただ一人、

「御苦労さんですねえ。あなたたちのほうが私らより倍、疲れますでしょ」

と言ってくれた婦人客がいた時は、胸が震えるくらい嬉しかった。

空虚で無意味な時間がまた続いた。三時頃、

「みなさん」

突然、機長の声が機内に伝わった。

「お知らせします。もう十分で日本からハイジャッカーが要求した飛行機が到着します。飛行機が到着し、おたがいの確認がありますから多少の時間はとりますが、もしそれらすべてが順調にいけば、皆さまは飛行機からおりて頂きます」

まるで砂漠でオアシスを見つけたような歓声が起った。眠っていた者たちも眼をさまし窓に顔を押しあて、到着する機影を空に探しはじめた。

「見えますか」

「いや、まだのようです」

「長かったなあ」

まるで彼等はもうすべてが終り、助かったように話しはじめた。

「騒ぐな」

突然、ハイジャッカーの一人が鋭い声で怒鳴った。

「まだ、俺たちはあんたらを釈放してはいない」

四時がすぎた。

ハイジャッカーの言ったことは本当だった。日本から来た飛行機はとっくに到着したのに依然として乗客は機内に閉じこめられたままだった。さまざまに複雑な原因がからみあってハイジャッカー側、日本側、印度側、三者の交渉が難航している模様である。

到着した機は窓の外には見えない。この飛行機の後方のずっと遠くで停止しているらしい。というのは何台ものジープがそちらに走っていくのが見えるからだ。そのジープの一台がふたたび建物のほうにあわただしく戻っていくたびに、交渉がはかばかしくないのが感じられた。

少しずつ空が茜色《あかねいろ》をおびはじめた。昨日と同じ、夕焼けの時刻が近づいてきたのである。アシスタント・パーサーの三枝京子は操縦室に電話を入れて夕食がないので運搬してくれるよう連絡してほしいと頼んだ。しかし機長からは、

「その必要はない」

という返事が戻ってきた。

必要がない、というのはもう万事が解決直前になっていることを暗示している。三枝京子はスチュワーデスにそれをそっと知らせた。

五時少し前に、

「前部のドアをあけよ」

という指示が来た。三枝京子はその指示に従って扉の錠をはずした。

扉が向う側からあけられて、白い光がとけた銀のように流れこんだ。タラップがゆっくりと飛行機につけられ、四台のバスがそばに並べられ、三人の日本人の青年がそのタラップの下にたった。ハイジャッカーの二人がドアから顔を出し、その青年たちが自分たちの仲間であることを確認した。

それから人質になる日本大使館の館員と二人の印度の国会議員が乗りこんできた。

館員は中年のがっしりした人で、国会議員もたくましかった。

「乗客を解放します」

と黒っぽい背広を着たハイジャッカーがマイクを口にあてた。

「みなさん。長い間、御迷惑をかけました。しかし、これも、我々の革命運動のためには仕方のなかったことです。どうぞ、御元気で」

乗客たちはいっせいに席から立ちあがった。なかには拍手をする人もいた。誰もがやっと長い拘禁から救われた悦びでニコニコとしていた。

「乗客はすぐバスに乗ってください」

機長と副操縦士たちは扉のそばにたち、一人、一人に詫《わ》びと別れの言葉を言った。

「スチュワーデスも降りなさい」

「わたしはおりません」

と三枝京子は機長に、

「この飛行機に最後まで残ります」

「わたしもそう、させてください」

と泰子も言った。しかし機長は首をふって、

「大使館や印度政府の命令だ。おりなさい」

と断った。

スチュワーデスはひとかたまりになって乗客のあとからタラップをふんだ。空は既に炎のような紅《くれない》になりかかっていた。機を出る時、泰子はふりかえり、西宗弘を見た。西は片手を一寸《ちよつと》あげ、

「さよなら」

と言った。

四台のバスにぎっしりと詰めこまれると、乗客もスチュワーデスも、大きな飛行機をじっと見つめながら、エア・ターミナルの建物に運ばれていった。

バスからおりると、なぜか、印度人の警官が皆を押すようにして建物のなかに入れた。
「早く入って」
一番、うしろにいた三枝京子や泰子たちスチュワーデスは、この時、豆のはじける
ような音を聞いて、ふりかえった。
タラップからハイジャッカーの一人が駆けおりてくる。
何がなんだか、わからなかった。扉から白い煙が流れてくる。飛行機の下に、三、
四人の迷彩服を着た印度の兵士が銃をかまえて、かくれているのがわかる。
ハイジャッカーはタラップをおりながら拳銃《けんじゅう》を発射している。地面に倒れた。射《う》た
れたにちがいない。
乗客たちは建物のなかから総立ちになってその光景を目撃した。「ノオー、ノオー」
と印度の警官が彼等を伏せさせようとしたが、流れ弾がこちらに飛んでくる危険がな
いと思ったのか、誰もがその命令に従わなかった。
「催涙弾の煙だ」
と乗客の一人が叫んだ。機の扉から流れる白い煙は催涙弾のものだと言うのである。
機内にはハイジャッカーのほかに、人質になった日本大使館員や印度の国会議員もい

るのである。いや、機長も副パイロットも残った筈である。そのなかに催涙弾を投げこむのはどうしたわけか。

「あっ、また、出てきた」

二人のハイジャッカーが口にハンカチをあてながら飛び出てくる。一人は手をあげ、一人は拳銃をかまえている。黒いサングラスをかけたその顔はあきらかに西宗弘の顔だった。

両手をあげた青年はそのまま、タラップをおりたが、西はタラップの途中でしゃがみ、迷彩服を着た印度兵に拳銃を向けた。突然、その体がはじかれたように後方に飛ぶと、両手を前に出して転がった。

それらの光景は泰子にはまったく実感を伴わなかった。まるでテレビで安っぽい劇を見ているようだった。彼女は三枝京子と肩をならべて、ただ茫然《ぼうぜん》としてすべての動きを眺めていた。

やがて両手をあげて残った三人のハイジャッカーが出口からあらわれた。そのうしろから、ガス・マスクをつけた二人のたくましい男が拳銃をかまえたまま姿をみせた。タラップをおりる時、彼等はガス・マスクをとったが、それはあの人質の日本大使館員と印度の国会議員だった。

迷彩服を着た兵士たちがハイジャッカーをかこみ、タラップに転がった西宗弘と地面に倒れている別の男の死体を担架に乗せた。

その瞬間まで泰子は憶《おぼ》えている。あとはまったく記憶にない。


気がついてみると、白い壁、白い机、白い扉の部屋に彼女は寝かされていた。腕には点滴の針がさしこまれている。扉があいて印度人の看護婦が顔を出し、

「大丈夫ですか《アー・ユー・オーライ》」

人なつこそうな笑いを浮かべてたずねた。

「ここは何処《どこ》ですか」

と泰子がきくと、

「空港の医務室ですよ。あなたは一寸《ちよつと》、気を失っただけです。しかし医者は一時間、ここで寝るよう命じています」

「日本人のお客や、私の飛行機の搭乗員は?」

「お客はアショカ・ホテルに行かれました。あなたのお友だちが廊下にいますから呼んできます」

彼女が扉から姿を消すと間もなく三枝京子があらわれた。

「すみません。気を失ったりして」

と泰子はあやまった。大変な時に自分だけ倒れたことが申しわけなかった。

「いいのよ。みんな無事だわ。機長やアシスタント・パイロットも操縦席で伏せていたんですって。あの日本大使館員や印度の国会議員ね——あの人質になった人たち、実は刑事さんだったのよ。わたしたち、まったく、わからなかったけど」

平生は冷静な京子が珍しく興奮していた。

「随分、作戦を考えていたのね。どうりでいつまでも機内に待たされると思ったけれど」

泰子はしゃべっている京子の顔をじっと見つめていた。彼女の眼に西宗弘が射殺された場面が今、はっきりと浮かんできた。タラップでしゃがみ、突然、はじかれたように後方に飛んだ西宗弘……

「どうしたの？　また気分が悪くなったの」

「いいえ」

「じゃ、あなた、医者の許しが出たら、アショカ・ホテルに来てちょうだい」

「一緒に今、参ります。もう、大丈夫ですから」

「駄目よ。ホテルに来たら、わたしたちにはまた、たくさんの仕事が待っているんだから。気分がすっかり良くなるまで、ここにいなさい」

三枝京子は彼女をそこに残して、扉のノブに手をかけたが、ふりむいて、

「そう、そう。恩智さんという人がホテルで待っているって」

「恩智さん？」

「なんでもあなたのお母さまの友だちだったとか言っていたけど。さっき空港まで駆けつけてくれたのよ。心配して」

「わかりました」

そう、恩智さんはニュー・デリーにいたのだな、と彼女はぼんやりと思いだした。しかし、どうしてあのハイジャックの飛行機にわたしが乗っていることがわかったのだろう。

京子が出ていったあと、部屋はひときわ涼しくなった。壁の白さ、天井の白さが眼にしみるようだった。仰向《あおむ》けになったまま、泰子は西宗弘のことを考え、涙《なみだ》を流した。宗弘の顔や水谷トシの顔が走馬燈《そうまとう》のように次々と眼にうかんでは消えた。

たった三年の間だったけど、それはまた何という三年だったろう。彼女はもう自分が随分、長く生きたような気さえした。あまりにたくさんのものを見たような気がした。

（わたしたちは結局……）

冷房機のかすかな音がどこからか伝わってくる。航空機の爆音がひびいている。

（何を求めて、生きたのだろう）

美しいものと善《よ》いものと。母はそう書いていた。だがトシの求めたものはそうだったろうか。西宗弘の求めたものはそうだったろうか。美しいものが何であり、善いものが何であるか、それが摑《つか》みにくい時代に自分たちは生れたのだと泰子は思った。泪がまた頰に伝わった。

アショカ・ホテルに来るとひろいロビーにはニュースと書いた腕章をつけた外人の新聞記者たちがうろうろとしていた。彼等は泰子をみると、

「ハイジャックの飛行機のスチュワーデスか」

と次々に質問をあびせてきた。

「写真をとらせてくれ」

カメラのフラッシュをあびて困惑していると、機長が向うからその新聞記者をかきわけるように姿をあらわし、

「彼女はひどく疲れている。質問はあとにして休ませてやってくれ」

と助けてくれた。

ようやく、その取材のグループから逃げだして、機長とエレベーターに乗った。

「君たちスチュワーデスの部屋はぼくらの部屋のならびだ。お客さまも今、それぞれ休んで頂いている。大体、今夜中に飛行機の整備がすむから、明日、九時に出発できる」

彼はそう言って、

「怪我《けが》はなかったか」

「いいえ、機長は」

「手をすりむいたぐらいさ」

彼は赤チンをつけた掌《てのひら》をみせた。それからその手をポケットに入れて、サングラスをとりだした。

「それに伏せた時、レンズをこわしてしまった」

部屋の前にくると、彼は、

「とにかく、寝ることだ。寝なさい」

と命じた。

部屋の扉をあけると桑原和子が手紙を書いていた。

「大丈夫、もう」

「ええ。心配かけてすみません」

「荷物はもう届いているわ。お風呂《ふろ》に入ったら。これから忙しくなるわよ。お客さま《パック》のスケジュールを目茶苦茶にしてしまったのですもの」

「そう。覚悟はしているわ」

久しぶりに風呂に入ると、はじめて人心地がついた。何日も何日も入浴していなかったような気がした。入浴している途中に電話のベルがなり、応答していた桑原和子が、

「あなたに電話よ。恩智さんという人から」

と言った。

バス・ルームについている受話器をとりあげると、巴里《パリ》で聞いたあの恩智の声が、

「私です。大丈夫ですか。一度はこのホテルに来たのですが、疲れておられるだろうと思って引きかえしました」

「有難うございました」

三時間ほどしたらまたホテルをたずねると言う。

二時間ほどベッドにもぐりこんで眠った。目をさますと既に真暗だった。だが若い

彼女の体力はすっかり恢復《かいふく》していた。恩智がくる前に身支度をしようとしてトランクから私服をだして着かえていると、隣のベッドで寝ていた和子が眼をうっすらと開け、

「出ていく時は鍵《かぎ》を持っていかないでね」

と言った。

ロビーにおりると、もう新聞記者たちの姿はなく、ちょうどフロントの前に恩智が立ったところだった。彼は泰子を見つけると、

「久しぶり」

近づいてきて微笑しながら手をさしだした。その手を握りかえすと、ワッと泣きだしたいような衝動にかられた。

「大変な目に会いましたね」

「ええ」

「私はテレビのニュースであなたがスチュワーデスとしてあの飛行機に乗っておられるのを知り、すぐ空港にかけつけたんですよ」

「ええ、知っています。本当に有難うございました」

ロビーのソファに腰かけ、二人は色々と話しあった。

「そうですか、あのハイジャッカーの一人はあなたのお友だちだったんですか」

と驚いた恩智はうなずくと、

「もし遺品でもお持ち帰りになりたいなら、ぼくが印度の警察に話してあげますよ」

「いいえ」

と泰子は首をふった。それから、

「あの人もあの人なりに美しいもの、善いものを求めていたのでしょうけど。わたしにはわからなくなりました」

と言った。

「生きるって、こんなにむつかしいことかと、この一年で、たっぷり味わいました。一体、美しいこととか、善いことって一体、何なのでしょうか」

「そうだな……」恩智はじっと泰子の顔を見ていたが、突然に「もし良かったら車に乗って夜のニュー・デリーの街をまわりながら話しませんか」

そう促がすと、彼はがらんとしたホテルのロビーを先にたって歩きはじめた。

恩智の運転する車はアショカ・ホテルから広場をぬけた。空虚な広場は照明に照らされた赤っぽい国会議事堂や政府の建物に囲まれていた。ニュー・デリーの夜は昼の暑さから急に涼しくなる。

間もなく下町に出た。裸電球をぶらさげた露店がずらりと並び、その間を散歩する印度人たちでいっぱいである。露店には日本では見むきもしないであろうボロや赤さびた自転車や鍋《なべ》なども売られている。しかしパパイヤやマンゴーやバナナなどが山ほど積まれているのを見ると、やはり、ここは印度だという気がした。

町を出ると両側に並木をうえた街道に出る。みじめな家や店が並び、その家や店の前で縁台に腰かけて涼んでいる人が多い。車は途中で幾度も牛の群を通すため、停らねばならなかった。牛は痩《や》せこけ、あばら骨が見えるようなものもあったが、印度では聖獣だから殺してはならぬのである。

泰子はなんのために恩智が自分を車に乗せ、そしてこんな町はずれに連れてきているのか、わからなかった。ハンドルを握った恩智はただ、微笑したまま、印度人の生活を語るだけである。

「もう、すぐです」

と恩智は車の速度をおとした。遠くに大きな建物があらわれた。建物の窓々にはまだ灯がついていた。

「何だか、わかりますか」

「いいえ」

「私の勤めている救癩《きゅうらい》と救結核対策の建物です。あなたも知っているように印度にはまだ、ハンゼン氏病（癩）の患者や、結核の患者がたくさんいます。その人たちを助けるために各国の人が自発的にここで働いているのです」

「お医者さまたちですか」

「いや、医者だけではない。たとえば前は有名なピアニストだった婦人も看護婦としてここに来ました。自動車のレーサーだった人も働いています。むかしは色々な仕事を持った人たちがあなたのように美しいことと善いことは何かと考えた揚句、自分でその解答を求めてここに集ったのです。そして、私も……」

と恩智は言葉をきった。

「私たちのやっていることが、果して美しいことか、善いことかは、必ずしもわかりません。ここだって人間の集りですから、人間関係にも仕事にもイヤな面やきたない面があります。でも、たしかなことは……ここでは病気という、たしかな悪と戦っていることです。それが、今、私にやり甲斐《がい》ある仕事だと考えさせるんです。日本人も何人かいますよ。一人のお医者さまは東京での大学教授の地位を棄《す》てて、ここで結核の巡回医をされているんです。その人はジープに乗り、時には象にのって山の村をまわるんです」

泰子は建物の窓の灯を見つめた。灯の下では今でもそんな人の誰かが働いているにちがいなかった。

「だから……」

と恩智は自分自身に向って言いきかせるように呟《つぶや》いた。

「美しいものと善いものに絶望しないでください。お母さまと私とはあの戦争中、仁川の山のなかで小さなその場所を見つけました。しかし……その小さな場所が今の私にはこの建物なのです」

彼は煙草《たばこ》を出して火をつけた。煙草をすうたびに彼の横顔がうかんだ。白髪のまじった疲れたような顔。それはもう母が書いていた青年の恩智ではなかった。年とった男の顔だった。

「帰りましょうか」

「はい」

と泰子はうなずいて、

「有難うございました。恩智さんのおっしゃった、絶望しないことをもう一度、考えてみます」

「そうしてください。人間の歴史は……ある目的に向って進んでいる筈《はず》ですよ。外目《そとめ》にはそれが永遠に足ぶみをしているように見えますが、ゆっくりと、大きな流れのなかで一つの目標に向って進んでいる筈ですよ」

「目標？　それは何でしょうか」

「人間がつくりだす善きことと、美しきことの結集です」

恩智は車のエンジンをかけた。


午前八時。

乗客たちより一足先にニュー・デリーの飛行場についた搭乗員《クルー》は控室で機長の指示を受け、準備にとりかかった。

朝の陽が飛行場いっぱいに照っていた。昨日の悪夢のような光景の痕《あと》はどこにも見うけられなかった。すべてが、何ごともなかったように掃除され、清められ、片附けられていた。

準備が終ると、クルーは機内で乗客を待つ。飛行機は昨日、日本から到着したものを使うのである。

機内に乗りこむ前、泰子はアシスタント・パーサーの三枝京子に、

「五分、待って頂けますか」

と頼んだ。

「お手洗？」

「いいえ。買いたいものがあるんです」

京子の承諾を得て、彼女は空港内の廊下を駆けだし、売店の並んでいる場所で花を売る店を聞いた。花は空港の外で露店が出ているという返事を聞くと、彼女はまた懸命に走った。

何という花かわからない。ハイビスカスに似た血のように赤い花を一人の老婆《ろうば》が空港の出口に売っていた。

その血のように赤い花を彼女は十本ほど買うと、ふたたび廊下を戻った。クルーたちは泰子を待ちくたびれて、既にバスに乗っていた。

「どうしたんだ」

機長が少し、こわい顔をした。

「申しわけありません」

「花を買ったのか。どうするんだ」

「昨日、ハイジャッカーが死んだ場所においていきたいんです。あの人たちも日本人ですから……」

彼女が答えると、

「そうか、わかった」

と機長はうなずいた。

スチュワーデスの一人、一人にその赤い花を一本ずつ渡した。運転手にたのんで昨日、あの出来事のあった地点にバスを迂回《うかい》してもらうことにした。

強い陽ざしに照りつけられた滑走路にはもう何の痕跡《こんせき》も残ってはいない。すべてが乾き、すべてが消え去っていた。しかし、その地点が、昨日の出来事の場所であることは、そこから大きな木が見えることではっきりとわかる。まる二日、客《パック》もスチュワーデスも閉じこめられた機内から、あの木をずっと眺めて送ったのだ。朝陽にそまり、昼の陽ざしに枝をのばし、夕暮、その枝にたくさんの烏《からす》がとまっていたこの大木を泰子は生涯、忘れないだろう。

その地点をバスが通過した時、スチュワーデスたちは窓をあけて、一本、また一本と次々に花を投げた。花は血の染《し》みのように滑走路に赤い点をつけていった。

「さようなら」

と泰子はその血のような花を見送りながら呟いた。

「さようなら。西さん」

今は彼を憎んだり、恨んだりする気持は消えていた。西には西なりの懸命な生き方があったのである。水谷トシにも水谷トシの必死な生き方があったように。青春という浜辺で一人、一人が砂の城を築こうとする。押しよせる波がその城を砕き、流していく。西には西のつくろうとした城があり、トシにはトシのつくろうとした城があった。

「さようなら、西さん」

バスは泰子たちを待っている大きなジャンボに近づいた。印度人の係員が微笑しながら、

「グッ・モーニング」

と挨拶《あいさつ》する。会釈をして機内にあがる。三枝京子はスチュワーデスたちに機内資材や食事の点検を命ずる。

それがすむとスチュワーデスたちは機の入口に二人ずつ立って、乗客《パック》が来るのを待つ。

バスが到着する。見おぼえのある客が、

「御苦労さん」

「お世話になります」

と言いながら機内に入ってくる。泰子は彼等を席に案内し、

「お休みになれましたか」

「お疲れさまでした」

といたわりの言葉を言った。

やがて飛行機はゆっくり滑走路に向った。そしてエンジンの音がひときわ大きくなり、速度をあげて疾走しはじめた。その後方に泰子たちがおいていった血のように赤い、青春の花を残しながら……

解説

武田友寿

長編小説『砂の城』は昭和五十年八月から一年間、雑誌「主婦の友」に連載され、完結後すぐ（昭和五十一年九月）、主婦の友社から単行本として出された。小説としては『おバカさん』『ヘチマくん』『わたしが・棄《す》てた・女』『どっこいしょ』『ただいま浪人』など、いわゆる軽小説群に属する作品で青春小説といっていいものである。

この種の小説の場合、遠藤氏はしばしば世人の耳目に鮮明に記憶されている世間を騒がせた事件を使う（たとえば『ただいま浪人』の場合＝三億円事件）が、『砂の城』では日航ハイジャック事件（連合赤軍事件犯人および連続爆弾事件犯人の釈放要求事件）を連想させる事件が最後にあらわれ、よく新聞の社会面に見られるOLの、愛人に貢《みつ》ぐためにおかす公金横領事件にからませて物語が運ばれている。前者をひきおこすのは西宗弘という青年で、後者の犯人となるのは水谷トシという女の子である。この双方の友人であるスチュワーデス・早良《さがら》泰子がこの小説の主人公になっている。

遠藤氏は硬小説（『沈黙』などの純文学）で鮮明にキリスト教信仰を示すが、軽小説ではそのような主題はほとんどあらわれてこない。これは『砂の城』についてもいえることで、おそらくこの小説を読んで、カトリック作家と評されている遠藤氏のイメージをもつことはないだろう。たとえば、この小説の中心人物である、早良泰子や水谷トシにしても、革命運動に走る西宗弘やその他の男女たち、あるいはトシの愛人である星野や泰子の母の昔の恋人である恩智勝之にしても、いわば市井《しせい》の人間たちであり、『沈黙』の作中人物や『死海のほとり』の主人公たちにつながるイメージはもっていない。また、ここに展開される小説世界にしても、大学生活や社会生活といった平凡なもので、詐欺《さぎ》、横領、ハイジャック、就職、恋愛などなど、現代風俗の反映であって、この作家の硬小説の主題や材料とはおよそ別種のものである。つまり私たちがこの小説に見る作者の貌《かお》を挙げるとすれば、それはまぎれもなく狐狸庵《こりあん》先生・遠藤周作のイメージであるといってよい。

軽小説は遠藤氏の場合、大抵《たいてい》が青春小説の形をとっている。『砂の城』もこの点では変りはない。九州の短大生の卒業、就職、恋愛、結婚を背景に、彼女たちが辿《たど》る人生と悩みを追っているものだ。星野や西という青年たちは彼女たちの人生に浮び出、横切っていった人間である。その青年たちと出会ったことで、向坊陽子や水谷トシや早良泰子の人生が大きく変ってゆく。「人生　邂逅《かいこう》し　開眼《かいげん》し　瞑目《めいもく》す」の名文句を残したのは、故亀井《かめい》勝一郎だが、まさに人間と人間との出会いは、出会った人間に人間の何たるかを教え、人生の神秘を示すものであることに思いあたる。しかも、それを教えようとか、示そうとかしてそうするのではなく、真摯《しんし》に自分の人生を生きることでそれを為《な》してゆくことが、邂逅というものの意味の深さに私たちの視線を注がせるのである。

それにしても青春とは、なんとむごく、美しく、そして豊かなものだろう。『砂の城』が執拗《しつよう》に描き、語るものは、このような青春の実相にほかなるまい。人生を夢想し、空想するのは、まぎれもなく青春に身を置く人間の特権なのだが、青春の日の一刻一瞬は、そこに紡《つむ》いだ夢の無情な剝奪《はくだつ》の反復としかいいようがない。それが人生というものだよ、といった悟り顔の分別は、この際顧みるに足らない。つまり、ここでは、美しい夢、高い憧憬《どうけい》の無情な剝奪が、青春にとってはあまりに苛酷《かこく》な試煉《しれん》ではないか、と怒りたくなる気持をもたずにいられぬことの意味を考えるべきなのだ。私たちはおそらく、この苛酷きわまりない青春の試煉に人生の厳粛さを思い、それを重ねるべく努めなければならない。でなければ、尊い試煉を〈運命のいたずら〉などという諦念《ていねん》で、冒瀆《ぼうとく》してしまいかねないだろう。

『砂の城』はもちろん青春の意味を問うている作品である。早良泰子を中心にしていえば、そこで問われている青春は二つある。すなわち、ひとつは若くして病死した母の青春、もうひとつは友人・水谷トシのそれである。二つの青春は対蹠《たいせき》的で、前者を穢《けが》れなく美しいものとすれば、後者は醜く惨《みじ》めである。泰子は母の青春を十六歳の自分に読ませるために残して逝《い》った母の手紙（遺書）で知らされるが、戦中の暗く哀《かな》しい恋物語と共に、《この世のなかには人が何と言おうと、美しいもの、けだかいものがあって、……それが生きる上でどんなに尊いか……。その美しいものと、けだかいものへの憧《あこが》れだけは失わないでほしい》との言葉が彼女の青春に刻まれる。そして当然のように、母のこのこころが泰子の青春の理想となり、指標となり、夢となって育ってゆく。

だが、これにくらべて、それぞれ青春の日の第一歩を踏み出した若ものたちの人生は悲惨であり、苛酷だった。学生時代、秀才と美貌《びぼう》の誉れの高かった田崎と向坊陽子の恋愛も、善良だけが取柄の学友・水谷トシと星野の愛も、純朴な青年だった西宗弘にたいする泰子の憧憬《しょうけい》も、母が手紙で教えた《美しいものと、けだかいものへの憧れ》を裏切る、醜く、哀しく、悲惨な、傷ましい青春だった。そして誰もが母の育てくれた青春とは別の凄《すさ》まじくも厳しい軌跡を描いているのだった。なにが美しく、なにがけだかいのか――泰子がこのような思いをいだいて生きざるをえないのも当然であろう。理想と現実の激しい矛盾と乖離に戸惑いつつ、しかし、彼女は母のこころを自分のこころとして生きてゆくわけだが、このような主人公の造型のなかに、私たちは賢い女・早良泰子を見て安堵を覚えるのはどうしたわけだろう？

月並みな分類法になるが、もし女を賢い女と愚かな女に分けてみるとすれば、早良泰子は賢い女であり、水谷トシは愚かな女、となるだろう。常識人の分別にしたがえば、賢い女は肯定され、愚かな女は否定される。いや否定しないまでも、蔑視《べつし》しがちである。早良泰子もむろん水谷トシの愚かな女の生き方を肯定することができない。彼女が賢い女の分別から水谷トシの生き方を変えようとするのはそのためである。だが、トシは泰子の忠告の正しさを認めながらも、星野を愛することで転落してゆく自分の選んだ生き方を変えようとしない。公金横領で捕えられ、獄につながれたトシが面会に行った泰子にいう言葉がある。——

《でもわたし、自分のしたことば後悔しとらんよ。そりゃ、あげんこと、したとやもん、罰せられても仕方なか》

《そう。女として、わたし、精いっぱい星野さんのために尽したとやもん。泰子にはわたしのその気持、理解できんでしょ》

《そいけん、泰子もわたしのこと憐《あわ》れまんでね。泰子の生き方とわたしの生き方とは違うもんね。わたしはわたしの生き方をしたたし……泰子は泰子で生きるんだし……》

これを聞いた泰子は思う。――

《私にだってわからないことはない。しかし私にはそこまで自分を犠牲にし、自分を捨てることはできないだろう。勇気がないのかもしれない。

(でも、そんな自己犠牲って無意味だわ) 泰子はトシの発言に心のなかで反撥《はんぱつ》してみた。

(本当の愛情って、そんなものじゃない。本当の愛情って、二人がたがいに相手のために尽すことで、片一方だけが自分を目茶苦茶にしてまでも……)》

そして彼女は自問自答をくりかえす。《トシの生き方がみにくく、善《よ》いとしたら、私は一体、どうしたらいいのだろう。トシの生き方が美しく、間違っているとすれば、私はなぜ、自分にうしろめたさを感じるのだろう》――と。そしてさらに問わずにいられない。母が彼女に教えてくれた青春の理想とは《よごれた人生からの逃避であり、慰め……ではなかったか》、《母さん、でも、何が美しく、何が善いことなのかしら》

結局、水谷トシや西宗弘、そして泰子の友人たちが演じてみせた青春の劇《ドラマ》が、彼女をそこまで問わせている、というべきなのだ。たしかにそのとき、彼女の前で、それぞれの若ものたちが夢想と空想のうちに築いていた青春の像＝砂の城は音もなくサラサラと崩れていた……。もちろん、泰子の「砂の城」も。

その彼女に人生の真実を教えるのは、かつての母の恋人・恩智勝之である。初老を迎えていたこの紳士は独身を守り、インドで救癩《きゅうらい》活動に人生を賭《か》けていた。再会した彼と泰子は語り合う。――

《「美しいものと善いものに絶望しないでください……」》

《「……人間の歴史は……ある目的に向って進んでいる筈《はず》ですよ。外目《そとめ》にはそれが永遠に足ぶみをしているように見えますが、ゆっくりと、大きな流れのなかで一つの目標に向って進んでいる筈ですよ」

「目標？　それは何でしょうか」

「人間がつくりだす善きことと、美しきことの結集です」》

この会話に私たちは『砂の城』の結論を読みとるにちがいない。もちろん、それは正しい。だが私は、そこにもうひとつのことを読みとりたい。それは賢い女・泰子がトシの愚かさを肯定しうるまでに賢くなっていることだ。そしてさらに、苛酷な青春の現実にしたたかに試されながらも、《この世のなかには人が何と言おうと、美しいもの、けだかいものがあって、……その美しいものと、けだかいものへの憧れだけは失わない》自分の理想を勁《つよ》く蘇《よみがえ》らせていることである。たぶん、このような泰子にたいして、私たちは共感と安堵を寄せずにいられないのにちがいない。

賢女と愚女。それは遠藤氏が好んで描くタイプの人間である。ことに軽小説ではこの構図が鮮やかである。『砂の城』もパターンとしては同様だが、しかしこの小説では愚かな女＝弱者を救うだけでなく、賢い女＝強者を復権させている点が新しい試みである。遠藤氏の作品を読みなれた人なら、そのパターンに聖書のなかの女性――マルタやマグダラのマリアを見たり、『わたしが・棄てた・女』の女性たちを思い重ねたりするだろうが、それは読者の自由である。ただ一言、付言しておきたいことは、この小説の場合、『母なるもの』の氏の母堂のイメージや、九州、ヨーロッパなど、氏の硬文学を生む風土や旅の体験がふんだんに現われ、描かれていることである。それらのひとつひとつにこの作者の体験や思想の原形を追うのも、楽しい読み方のひとつであろう。

（昭和五十四年十月、文芸評論家）

この作品は昭和五十一年九月主婦の友社より刊行された。

遠藤周作著

白い人・黄色い人

芥川賞受賞

ナチ拷問に焦点をあて、存在の根源に神を求める意志の必然性を探る「白い人」、神をもたない日本人の精神的悲惨を追う「黄色い人」。

遠藤周作著

海と毒薬

毎日出版文化賞・新潮社文学賞受賞

何が彼らをこのような残虐行為に駆りたてたのか？　終戦時の大学病院の生体解剖事件を小説化し、日本人の罪悪感を追求した問題作。

遠藤周作著

留学

時代を異にして留学した三人の学生が、ヨーロッパ文明の壁に挑みながらも精神的風土の絶対的相違によって挫折してゆく姿を描く。

遠藤周作著

十頁だけ読んでごらんなさい。十頁たって飽いたらこの本を捨てて下さって宜しい。

大作家が伝授する「相手の心を動かす」手紙の書き方とは。執筆から四十六年後に発見され、世を瞠目させた幻の原稿、待望の文庫化。

遠藤周作著

母なるもの

やさしく許す〝母なるもの〟を宗教の中に求める日本人の精神の志向と、作者自身の母性への憧憬とを重ねあわせてつづった作品集。

遠藤周作著

彼の生きかた

吃るため人とうまく接することが出来ず、人間よりも動物を愛し、日本猿の餌づけに一身を捧げる男の純朴でひたむきな生き方を描く。

遠藤周作著

悲しみの歌

戦犯の過去を持つ開業医、無類のお人好しの外人……大都会新宿で輪舞のようにからみ合う人々を通し人間の弱さと悲しみを見つめる。

遠藤周作著

沈　黙

谷崎潤一郎賞受賞殉教を遂げるキリシタン信徒と棄教を迫られるポルトガル司祭。神の存在、背教の心理、

東洋と西洋の思想的断絶等を追求した問題作。

遠藤周作著

イエスの生涯

国際ダグ・ハマーショルド賞受賞

青年大工イエスはなぜ十字架上で殺されなければならなかったのか——。あらゆる「イエス伝」をふまえて、その〈生〉の真実を刻む。

遠藤周作著

キリストの誕生

読売文学賞受賞

十字架上で無力に死んだイエスは死後〝救い主〟と呼ばれ始める……。残された人々の心の痕跡を探り、人間の魂の深奥のドラマを描く。

遠藤周作著

死海のほとり

信仰につまずき、キリストを棄てようとした男——彼は真実のイエスを求め、死海のほとりにその足跡を追う。愛と信仰の原点を探る。

遠藤周作著

王国への道

——山田長政——

シャム(タイ)の古都で暗躍した山田長政と、切支丹の冒険家・ペドロ岐部——二人の生き方を通して、日本人とは何かを探る長編。

遠藤周作著　王妃 マリー・アントワネット（上・下）

苛酷な運命の中で、愛と優雅さを失うまいとする悲劇の王妃。激動のフランス革命を背景に、多彩な人物が織りなす華麗な歴史ロマン。

遠藤周作著　女の一生　一部・キクの場合

幕末から明治の長崎を舞台に、切支丹大弾圧にも屈しない信者たちと、流刑の若者に想いを寄せるキクの短くも清らかな一生を描く。

遠藤周作著　女の一生　二部・サチ子の場合

第二次大戦下の長崎、戦争の嵐は教会の幼友達サチ子と修平の愛を引き裂いていく。修平は特攻出撃。長崎は原爆にみまわれる……。

遠藤周作著　侍

野間文芸賞受賞

藩主の命を受け、海を渡った遣欧使節「侍」。政治の渦に巻きこまれ、歴史の闇に消えていった男の生を通して人生と信仰の意味を問う。

遠藤周作著　満潮の時刻

人はなぜ理不尽に傷つけられ苦しみを負わされるのか――。自身の悲痛な病床体験をもとに、『沈黙』と並行して執筆された感動の長編。

遠藤周作著　夫婦の一日

たびかさなる不幸で不安に陥った妻の心を癒すために、夫はどう行動したか。生身の人間だけが持ちうる愛の感情をあざやかに描く。

北杜夫著

夜と霧の隅で

芥川賞受賞

ナチスの指令に抵抗して、患者を救うために苦悩する精神科医たちを描き、極限状況下の人間の不安を捉えた表題作など初期作品5編。

北杜夫著

幽霊

―或る幼年と青春の物語―

大自然との交感の中に、激しくよみがえる幼時の記憶、母への慕情、少女への思慕――青年期のみずみずしい心情を綴った処女長編。

北杜夫著

どくとるマンボウ航海記

のどかな笑いをふりまきながら、青い空の下を小さな船に乗って海外旅行に出かけたどくとるマンボウ。独自の観察眼でつづる旅行記。

北杜夫著

どくとるマンボウ昆虫記

虫に関する思い出や伝説や空想を自然の観察を織りまぜて語り、美醜さまざまの虫と人間が同居する地球の豊かさを味わえるエッセイ。

北杜夫著

どくとるマンボウ青春記

爆笑を呼ぶユーモア、心にしみる抒情。マンボウ氏のバンカラとカンゲキの旧制高校生活が甦る、永遠の輝きを放つ若き日の記録。

谷崎潤一郎著

細雪（ささめゆき）

毎日出版文化賞受賞(上・中・下)

大阪・船場の旧家を舞台に、四人姉妹がそれぞれに織りなすドラマと、さまざまな人間模様を関西独特の風俗の中に香り高く描く名作。

開高健著　パニック・裸の王様　芥川賞受賞

大発生したネズミの大群に翻弄される人間社会の恐慌「パニック」、現代社会で圧殺されかかっている生命の救出を描く「裸の王様」等。

開高健著　日本三文オペラ

大阪旧陸軍工廠跡に放置された莫大な鉄材に目をつけた泥棒集団「アパッチ族」の勇猛果敢な大攻撃！　雄大なスケールで描く快作。

開高健著　フィッシュ・オン

アラスカでのキング・サーモンとの壮烈な闘いをふりだしに、世界各地の海と川と湖に糸を垂れる世界釣り歩き。カラー写真多数収録。

開高健著　地球はグラスのふちを回る

酒・食・釣・旅。——無類に豊饒で、限りなく奥深い〈快楽〉の世界。長年にわたる飽くなき探求から生まれた極上のエッセイ29編。

開高健著　輝ける闇　毎日出版文化賞受賞

ヴェトナムの戦いを肌で感じた著者が、戦争の絶望と醜さ、孤独・不安・焦燥・徒労・死といった生の異相を果敢に凝視した問題作。

開高健
吉行淳之介著　対談　美酒について　—人はなぜ酒を語るか—

酒を論ずればバッカスも顔色なしという二人が酒の入り口から出口までを縦横に語りつくした長編対談。芳醇な香り溢れる極上の一巻。

新潮文庫の新刊

乃南アサ著
家裁調査官・庵原かのん
家裁調査官の庵原かのんは、罪を犯した子どもたちの声を聴くうちに、事件の裏に潜む問題に気が付き……。待望の新シリーズ開幕！

燃え殻著
それでも日々はつづくから
きらきら映える日々からは遠い「まーまー」な日常こそが愛おしい。「週刊新潮」の人気連載をまとめた、共感度抜群のエッセイ集。

松家仁之著
火山のふもとで
読売文学賞受賞
若い建築家だったぼくが、「夏の家」で先生たちと過ごしたかけがえない時間とひそやかな恋。胸の奥底を震わせる圧巻のデビュー作。

岡田利規著
ブロッコリー・レボリューション
三島由紀夫賞受賞
ひと、もの、場所を超越して「ぼく」が語る「きみ」のバンコク逃避行。この複雑な世界をシンプルに生きる人々を描いた短編集。

藍銅ツバメ著
鯉姫婚姻譚
日本ファンタジーノベル大賞受賞
引越し先の屋敷の池には、人魚が棲んでいた。なぜか懐かれ、結婚を申し込まれてしまい……。異類婚姻譚史上、最高の恋が始まる！

沢木耕太郎著
いのちの記憶
―銀河を渡るⅡ―
少年時代の衝動、海外へ足を向かわせた熱の正体、幾度もの出会いと別れ、少年時代から今日までの日々を辿る25年間のエッセイ集。

新潮文庫の新刊

杉井光著
世界でいちばん透きとおった物語2
新人作家の藤阪燈真の元に、再び遺稿を巡る謎が舞い込む。メディアで話題沸騰の超話題作、待望の続編。ビブリオ・ミステリ第二弾。

角田光代著
晴れの日散歩
丁寧な暮らしじゃなくてもいい！　さぼった日も、やる気が出なかった日も、全部丸ごと受け止めてくれる大人気エッセイ、第四弾！

沢木耕太郎著
キャラヴァンは進む
―銀河を渡るI―
ニューヨークの地下鉄で、モロッコのマラケシュで、香港の喧騒で……。旅をして、出会い、綴った25年の軌跡を辿るエッセイ集。

沢村凜著
紫姫の国
（上・下）
船旅に出たソナンは、絶壁の岩棚に投げ出される。そこへひとりの少女が現れ……。絶体絶命の二人の運命が交わる傑作ファンタジー。

永井荷風著
つゆのあとさき・カッフェー一夕話
天性のあざとさを持つ君江と悩殺されては翻弄される男たち……。にわかにもつれ始めた男女の関係は、思わぬ展開を見せていく。

原田ひ香著
財布は踊る
人知れず毎月二万円を貯金して、小さな夢を叶えた専業主婦のみづほだが、夫の多額の借金が発覚し――。お金と向き合う超実践小説。

砂《すな》の城《しろ》

新潮文庫　え－1－12

昭和五十四年十二月二十五日　発　行
平成十八年六月二十五日　三十四刷改版
令和七年二月五日　三十九刷

著者　遠《えん》藤《どう》周《しゅう》作《さく》
発行者　佐藤隆信
発行所　株式会社　新潮社
郵便番号　一六二―八七一一
東京都新宿区矢来町七一
電話　編集部(〇三)三二六六―五四四〇
読者係(〇三)三二六六―五一一一
https://www.shinchosha.co.jp

価格はカバーに表示してあります。

乱丁・落丁本は、ご面倒ですが小社読者係宛ご送付ください。送料小社負担にてお取替えいたします。

印刷・株式会社光邦　製本・株式会社植木製本所

ISBN978-4-10-112312-7 C0193